不思議の国の猫たち

CATS IN WONDERLAND

仁木悦子・編

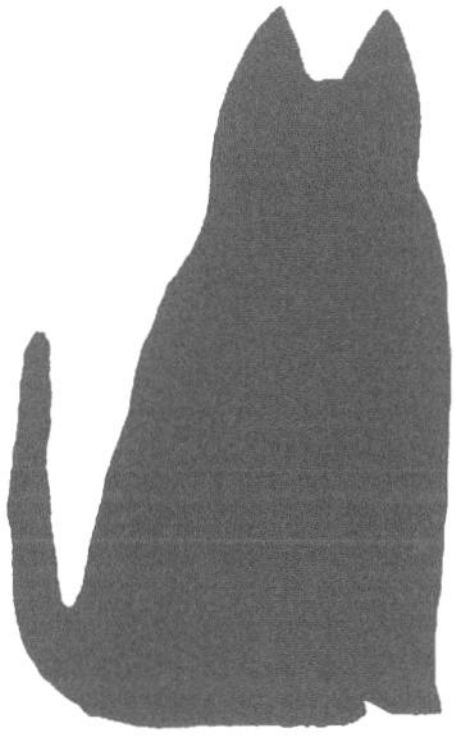

Gakken

目次

装幀・イラスト　和田　誠

不思議の国の猫たち

CATS IN WONDERLAND

猫の年齢《とし》

*西東　登

退社時限になって、机の上を片づけはじめたときに、木原は今朝、妻から頼まれていたことを思い出した。それはデパートに寄って、小アジを買ってきてくれということだった。

馴染みになった近所の魚屋で、小アジしか買わないので、店主も店員もいい顔をしないし、値段も高くなったから、というのが理由だった。デパートの、食品売場の皿盛りの方が、鮮度もいいし安いはずだから、会社の帰りにちょっと足を延ばして欲しいというのである。以前から何度もいわれていたことであった。といっても、その小アジは木原や妻の信江が食うためのものではなく、猫の餌《えさ》であった。

子供のいない木原夫婦が、アパートの狭い一間に猫を飼いだしてからもう長い。その長い間に、猫の食物は次第に限定されてきていた。野良猫ならば生きるためには何でも食うのであろうが、いったん飼主が定《きま》ったとなると、猫という動物はどこまでも図々《ずうずう》しく贅沢《ぜいたく》になる性質があるとみえ、食物のより好みは日々やかましくなるばかりで、ここ数年は生きのよい小アジしか食わなくなった。それも生魚である。中以上の大きなアジになると骨も固いし脂肪が多過ぎていやだというのである。だからなるべく小さいものを、というのが信江の注文であった。

わずか数尾の小アジを、どこで買おうが大した違いはないじゃないかと木原はいうのだが、信江は承知しなかった。

――すると今日は、いっぱいやるというわけにはいかないな、と木原は立上ってコートに腕を通しながら思った。

帰りに馴染みの飲屋に腰を下ろすのが、暇な倉庫会社で、間もなく定年を迎える木原の、ここ数年の唯一の楽しみになっていた。

それが今日は出来ないことになった。デパートの営業時間は午後六時までであり、生魚の包みを手にして飲屋で時間を過すわけにはいかなかった。

その上また、猫のお余りを頂戴することになるわけだ、と木原は外に出てからつい苦笑した。皿盛りだと十数尾になり、小食な猫には多過ぎるので、一日では消化出来ず、余った分が人間の方に廻ってくるのだった。

木原は飲屋を諦《あきら》め、会社を出るとデパートに直行し、小アジを包ませて帰宅した。

珍らしく早く帰ってみるとドアに錠が下りており、妻はいなかった。合鍵で開けて入ると部屋に人の気配がほとんど残っておらず、妻が外出してからもう大分時間が経っているらしく感じられた。猫も閉め出されたとみえていなかった。

折角《せっかく》、タマに早く帰ってみるとこの始末であった。木原はアジの包みを卓袱《ちゃぶ》台《だい》に投げ出してその前に坐りこんだ。

坐ってみると室内の冷気が身に沁みこんできた。木原は石油ストーブに火をつけて坐り直した。

この時間は、いつもなら飲屋のカウンターに肱《ひじ》をついてコップ酒を手にしているはずであった。だから如何《いか》にも手持無沙汰で間のもちようがなかった。

何処に行ったのか。何か用件を書いたメモでもないかと目で探したがそれらしいものはなかった。

一日中部屋の中で、猫を相手に過しており、日用品の買物以外には、ほとんど外出することのない信江なので、木原は行先の見当がつかなかった。木原は舌打ちをした。デパートなどには寄らず、いっぱいやってくればよかったと悔《くや》んだが今更どうにもならなかった。木原は食器棚の隅に、歳暮に貰《もら》ったウイスキーが置かれてあったのを思い出して下ろすと封を切った。

木原は家で飲むことはあまりなかった。

コップに注いで一口、二口流しこんだが、話相手のいない酒は味気なかった。

木原は更《あらた》めて室内を見廻してみた。

木原の帰宅時間はたいてい午後十時近くであった。大酒を飲むわけではないが、尻が長く、飲屋で三時間から四時間も落着いてしまうのだった。

その時刻帰ってみると信江は必ずテレビを見ていた。ほとんど、一日中テレビを見ているらしかった。

部屋の片側に箪笥が二棹《さお》、並べて食器棚、反対側に本箱、鏡台などが置いてあり、隅にテレビが据えてあった。その前に妻が坐っていて、その膝の上かすぐそばに猫がいた。

木原は長年そんな配置を見続けていたために、妻や猫まで、この部屋の調度品や造作の一部のように感じており、同じ配置の時、気分が落着くようであった。

だからいま、部屋の中の重要な調度品が二つ欠けていることで不安定な形に見えた。

木原はウイスキーをたて続けに流しこんだ。

強く灼ける感じが咽喉《のど》から胃に流れ落ちていくのだが、一向に酔ってこなかった。

ストーブの火が漸《ようや》く強まり、室内に暖気が満ち始めたとき、木原はコートもまだ脱いでいないのに気づいた。木原はコートを脱いで丸め隅の方に放り出した。

室内の様子には少しも変ったところはなかった。するとたぶん、信江は普段のままの恰好《かっこう》で、買物籠をブラ下げて外出したものに違いなかった。

それなら、せいぜい一、二時間か、どんなに暇取っても、夕食までには帰るつもりで、昼前後に出掛けたものと推察出来た。

が、時計の針は既に八時をさそうとしていた。木原が帰宅してから一時間以上経っていた。木原は次第に腹が立ってきた。

猫が外から戻ってこないことさえもが腹立たしかった。何も食わずに、空腹に流しこんだウイスキーが、急に廻ってきたようであった。

――一体、どこに出掛けたというんだ。アジを買ってきてくれなどと頼んでおきながら。

木原は腹の中で妻に怒鳴《どな》った。

怒鳴る相手が目の前にいないことが余計に腹立たしいことであった。

木原はひとりで腹を立てていても始まらないと気づくと、立上って管理人の部屋に下りていった。妻がどこへ出掛けたか知っているかもしれぬと思ったからだった。これはよい思いつきだった。

「ああ、奥さんはひる前に出掛けられましたよ」

と管理人は即座に答えた。

「どこへ行くのか、行先はいいませんでしたか」

「それは私が教えてあげたから、そこへ行かれたんですよ。まだ帰って来られないんですか」

と管理人は妙なことをいった。

「あなたが教えた？　それはどういうことなんですか」

と、木原は少しせきこんで訊《たず》ねた。

「ああそうか。奥さんはご主人には話しておられないんですな」

と管理人のいうことはいよいよ妙であった。木原は黙って管理人の顔を見守った。

「いやね、奥さんが、もと、このアパートに住んでいた人の引っ越した先の住所が判らないだろうかと、私のとこへみえたんで、調べて差し上げたんですよ」

「もと住んでいた人って、誰ですか」

「それがね、ずっと以前にここにいた人で、私も知らない人なんだが、妹尾《せのお》と松宮という人です。木原さんはその頃からここに住んでいたんだから、ご存知のはずですが」

　木原は首を捻《ひね》った。そんな名の人物がいたような記憶もあった。この管理人は新しく交替した人物で、ここに来てからまだ一年足らずにしかなっていないので知らないのが当然だった。

「そうですな、そんな人がいたようにも覚えてますが、家内がそれを調べてくれといったんですか」

「ええ。引越先が判るだろうか、といわれるんですよ。それで前の人から引継いだ間借人名簿を調べてみたら、ちゃんと控えてあったので教えて上げたんです」

「へえ。それで、家内はその妹尾と松宮という人の引越先へ出掛けたわけですね」

「そうらしいですよ」

「何の用でいったんですか」

「それは私には判りませんよ。私の知らない人ですからね。訊ねもしませんでしたよ」

「ちょっとその住所を私に教えて下さい」

と木原は古い名簿を見せて貰い手帖にメモして部屋に戻った。

妹尾健二　練馬区桜台国鉄双葉寮一二
松宮　亨　保谷《ほうや》市富士町一の七
　　　　東伏見公団住宅一八—九

木原は酔いの出た目でじっとメモの字を見続けていた。木原は想い出していた。

この二人は以前このアパートに住んでいた人物に違いなかった。が、それはもう十年以上も前のことであった。

木原夫婦が三鷹のこのアパートに越してきたとき、その向いの部屋に妹尾が、隣りに松宮が住んでいたのである。

妹尾は新婚間もない若夫婦で、夫の健二は国鉄の職員で駅に勤めているということであった。松宮は小会社の社員で子供が二人おり、年恰好が木原夫婦に似ていた。亭主たちは顔を合わせることはほとんどないが、女房たちはすぐに知り合うわけであった。アパート住いでは、部屋の近さがそのままつき合いの近さになることが多い。

信江が妹尾広子や松宮志げ子と親しくなるのに時間はかからなかったらしい。

その時間を更に短縮させる材料があった。

それは広子と志げ子がやっていた内職であった。毛糸の編物であったが、これは信江の得意とするところだったので、二人に誘われるとすぐに加わった。業者は上手な編手を一人でも多く欲しがっていたので丁度《ちょうど》都合がよく、二人にも歓迎された。

暇潰《ひまつぶ》しをかねた手仕事が、いずれ劣らぬ安月給取りの家計に、何パーセントかの補給になることであり、その点で三人の利害は一致し、親しさも増した。しかし、都合のいいことばかりはなかった。

零細な業者と主婦個人の取引という形態の中に、需要と供給の微妙な原則が入り込むことによって、思わぬ矛盾《むじゅん》が表面に浮び出たとき、それがしばしば悶着の原因になる。それは業者にではなく、内職者同士の間に起るのだった。

末端の内職者の手になる完成品が業者の手に渡るとき、出来、不出来が生じ、それが手間賃の差になって現われるからだった。

信江は遅れて加わった新参者であり、それでいて編物は古参者の二人より上手であった。古株より新入りの手間賃が高いことは人情として許されない。このことが三人の親密さを次第に裂き始め、更にその崩壊を一挙に早める事態が起った。

その原因は信江が内職に加わってから間もなく、江古田の親戚から貰ってきた仔猫にあった。犬猫を嫌う人は意外に多いもので、広子も志げ子もそうであった。そして仔猫はもともと傍若無人《ぼうじゃくぶじん》な動物であった。他人の部屋に勝手に上りこみ、走り廻るばかりか内職の編物の邪魔をした。

広子と志げ子がひどく嫌がったのは当然のことであった。それが極端に猫好きの信江の感情を悪くした。お互いの悪感情が対立する原因にならぬはずはなく、その亀裂は猫の成長と共に大きくなるばかりで、ついにはお互いに口も利かぬ仲になったらしい。そんな状態が続いているうちに、広子の夫の職場が変って練馬区の寮に移転し、同じ頃松宮の方も保谷の支店勤務で引越していった。いわば、亭主同士には係《かかわ》り合いはなく、女房たちは喧嘩別れの形で、信江の前から去っていったわけである。

木原は当時、信江からそんな話を聞かされ、あまりのバカらしさに、ただ苦笑したことを覚えている。

そのことをいま木原は思い出した。

それから十数年が経っているのだった。

その十数年の間に、このアパートの住人たちは絶えず入れかわった。

かわらないのは木原夫婦だけで、管理人さえ三度も交替していた。

公務員、大工、セールスマン、会社員、学校教師、商店員、学生など、いろいろな職種の人間が、長いもので二年から三年、短かければ半年か三月で他所へ移転していき、また新しく入ってきた。

戦時中の物資不足の時代に、やっつけ仕事で建てられた木筋モルタルの剝げ落ちたボロアパートには、長く住む気で部屋を求めてくるものはおらず、いずれは公団住宅か、もっとましなアパートに落着くまでの、腰掛けのつもりで越してくるものばかりで、それ故にはじめから、煩《わずら》わしい近所付合いを、意識して避ける風で、妹尾広子や松宮志げ子のような例は特別なものであったらしい。

現在はアパートの誰彼と口を利くこともなく、隣の部屋にどのような人物や家族が住んでいるかさえ判らぬことが多かった。

それにしても、信江は何故、十数年前にここに住んでいた二人の移転先を調べ出掛けていったのだろうか、と木原は腑《ふ》に落ちぬ思いで考えた。

終日、猫を相手にテレビにかじりついている信江が、その寂しさと人恋しさのあまり、ふと十数年前の二人との交際を想い出し、懐しさに耐えられず訪ねていったのであろうか。

しかし、一年余りのその交際も、終りには口さえ利かぬ間柄になってしまったはずの二人なのであった。そんな人物に、突然懐しさを感じるものだろうか。年月の隔《へだ》たりが、すべての悪感情を洗い流してしまうものなのだろうか。

木原には判らぬ。

判らないが、この二人を訪ねていったことは確からしい。

ただ逢いたくていったのか、それとも用事があったのか。用事とすれば信江にとってそれは余程重大なものでなければならない。病弱で外出することを嫌う信江が、わざわざ人を訪問するというのだから……。

時刻は九時を廻った。

信江はまだ帰って来なかった。

管理人室には電話があるのだから連絡してくれてもよいはずであった。その電話もなかった。木原は空腹のウイスキーが重く躰を萎《な》えさせたのか、夕食を食う気にもならなかった。気持ばかりがいら立ってきた。向うの住所に電話番号がないので、行ってみる以外にこちらからの連絡は出来なかった。が、木原自身が出掛けることはさすがにためらわれた。

妻の訪問の理由さえ判らないのに、その亭主の訪問は奇怪なものに違いないのである。

木原は立ったり坐ったり、いらいらと無駄な時間を過さねばならなかった。その間中、木原はウイスキーをちびちびとなめた。

悪い酔いが全身を浸し始めたとき、時計は既に十二時を廻り、信江はしかしまだ戻って来なかった。

何か事故があったのではないか、という考えが、木原の濁り出した頭の中に黒い点となって浮び上ってきた。

交通事故……しかし、それなら警察か病院から連絡があるはずだろう。いや、それが出来ぬような状態がないとはいえぬ。被害者が重傷で口も利けぬ場合、その身許の確認が出来なければ、警察や病院も、その家族への連絡は不可能ではないのか。

その不安が一度に大きく木原を掩《おお》ってきたとき、木原は不意に立ち上り、コートを肩にひっかけ、ふらつく足で、それでもストーブの火を消すことは忘れず、深夜の表へ飛び出した。零下に下《さが》った外の冷気を木原はほとんど感ずる余裕もなく小走りに走った。

三鷹警察署までは五、六分のものであった。

木原は木造の薄汚れた警察署に駈けこんだ。

そして木原は妻が練馬と保谷の知人の家を訪問し、まだ戻って来ないことを、切れ切れの息の間に係官に告げ、もしや交通事故に遭ったのではとつけ加えた。

当直の係官は親切な男であった。あるいは丁度よい眠気《ねむけ》覚《ざま》しと思ったのかも知れなかった。練馬や保谷のほか、都内の各署に問い合わせてくれた。方々に交通事故は起っていたが、信江に該当するような被害者はなかった。

木原はほっと吐息をついた。

「しかし……轢《ひ》き逃げという奴があるんでね、こいつが困りもんですよ」

と中年のその係官は、旧式の石炭ストーブに石炭をつぎ足しながら、欠伸《あくび》まじりにいった。これは意地悪な響きを木原に与えた。

「はあ、轢き逃げ……」

と木原は不安気に顔を上げた。

「加害者はずらかっちまうし、被害者はそのまま放っとかれるわけで、発見が遅れるもんだから、取り返しのつかないことになるんですな」

木原は表情を変えた。係官はそれを見ていい過ぎたと感じたかあわてていった。

「逃げても必ず捕まるんだがね。ま、しかし、奥さんはそのお知合いの家に泊るつもりじゃないんですか」

とってつけたようないい方であったが、それでも木原の気持は幾分静まった。

「それならいいんですが……」

「失礼ですが、お歳は？」と係官は急に口許に薄い笑いを浮べて訊ねた。

「私ですか？」

「いや、奥さんの方です」

「もう四十歳です」

「それじゃあんた、心配することはありませんよ」

と係官は妙な断定を下した。

どうして心配することはないのか、と木原は反問しようとしてやめ、手数をかけたことを詫びると警察を出た。

木原はムッとした顔つきでアパートに戻った。あの係官は木原の心配を誤解したのではないかと考えた。子供ではなく、四十歳の大人だから心配することはない、というのではなく、四十歳にもなる女だから、心配することもないだろう、とからかったに違いないのだと木原は思った。

その夜ついに信江は戻らず、木原はまんじりともせず翌朝を迎えた。

翌日木原は会社を休んで二人を訪ねることにした。

桜台にある国鉄の寮は二階建の堅固なコンクリート造りであったが、陽当りが悪く、中は刑務所のように薄暗い陰気な感じであった。これが木原に悪い予感を与えた。妹尾の表札を貼りつけてあるドアを木原は叩いた。「あら」と半開きのドアから顔を覗かせた広子は驚きを露《あらわ》にしていった。

「今日《きょう》は旦那さん、一体、これはどうなってるのかしら」

三鷹のアパートで一、二度は顔を見ているのでお互いに知っていた。木原は広子の妙な挨拶に面喰らったが、これで信江が来たことが間違いないことが判った。

「あの、うちのやつが昨日お伺いしたようですが」

「そうなのよ。急に見えたけど、どうしたのかしら」

木原はいよいよ面喰った。

「どうしたかって、それは私が……」

「旦那さんは何の用でいらっしゃったの」

「それは、今日になってもまだ戻って来ないもので」

「奥さんがですか」

「そうです」

「へえ。それはどういうことかしら」

「それを伺いに来たわけですが」

「私に？　私が知るわけないでしょ」

木原はちょっと言葉に詰《つま》った。それからあわてていった。

「あの、家内は昨日のいつ頃伺ったんでしょうか」

「おひるごろだったかしら」

「それで、家内が伺った用件というのはどんなことだったのですか」

「知らないわ」

「知らない」

「ええ。今頃、突然何の用があったのか」

「しかし、あなた、家内に会われたのでしょう」

「会ったわ。でも、丁度お客さんが来てたもので、すぐ帰って貰ったのよ」

十幾年経った今でも、敵意さえ感じられる広子の応対に木原はたじろいだ。

「はあ、しかし、何かいいませんでしたか。用件を」

「何の用があるのよ、今頃……」

「それは、私にも判りませんが、でも、家内は、何もいわなかったのですか」

「いわなくても、大体の見当はついたのよ」

「え、見当がついた……」

「そうよ。だから、今取り込んでいるからって、帰って貰ったわ」

「用事を聞かずにですか」

「聞けば嫌なことになるし、大事なお客さんの耳にも入れたくないしね」

「そりゃどういうことですか」

とさすがに木原も気色《けしき》ばんだ。

「たぶん、お金でも借りに来たんだと思うのよ」

「なんですって、お金を借りに」

木原の躰を屈辱の憤りが走り抜けた。

信江がそんな目的でこの女を訪ねることは有り得なかった。

「バカな」と木原は唾を吐くようにいった。

「バカなって、私はそう感じたの。だって、汚いなりをしてるし、それに、猫なんか抱いてさ」

「猫を……」

「嫌《きら》いだから、猫なんかつれて来ないでって、ドアを閉めたのよ」

その通りに広子は木原の鼻の先でドアをばたんと閉めた。何かいう間もなかった。

木原は言葉もなく歩き出していた。

――信江は何故猫を抱いてこの女を訪ねたのだろうか。こんなひどい扱いを受けるとは予想もしなかったに違いない。

汚いなりをして、という広子の言葉が木原の胸に錐《きり》のように突き刺さった。一緒になって以来、信江に着物の一枚も拵《こしら》えてやったろうか。木原は胸が痛んだ。

三鷹まで戻り、東伏見行のバスに乗った。

東伏見公団住宅は、全く同じ矩形《くけい》の建物が、ざらざらしたクリーム色を日光に反射させて、はるか彼方まで幾棟も連なり、その連なりが奥へ何層も重なり合っていた。

その建物の間を木原は肩を落して歩いた。

広子の言葉が木原の胸にひっかかって消えなかった。

この建物群には数千人の人間が住んでいるのだった。それは皆同じように見えて、同じではなく、それぞれに違う生活と考え方を持っているはずであった。それは人間の数だけ違うのだろうか、と木原はふと思った。

信江もやはりこうして建物を見上げながら、木原と同じ道を歩いたのだ。

それは何故なのか。どんな用事があったのだろうか。仲違いをして別れていった昔の知人のところへ、借金しに行くことは考えられない。

木原は管理事務所へ寄って松宮の部屋を教えて貰った。

「おや、木原さんの御主人でしたっけ、おかしいわねえ」

と出て来た松宮志げ子はいきなりいった。ここでも木原は面喰わねばならなかった。

「何がおかしいんですか」

「だって、おかしいじゃありませんか」

「どうしてです」

「どうしてって、それはこちらで伺いたいことよ。今日はご主人がいらして……昨日は奥さんが見えたんですって」

「はあ」と木原は次の言葉を探した。

「すると、あの、家内は」

「昨日、ひる過ぎの二時ごろ、ここに見えたらしいわ。管理人に聞きました」

「それじゃ、あなたは家内に会われなかったんですか」

「ええ、外出してましてね。でも、一体、何の用があったのかしら、今頃……」

木原は言葉を失った。

「それより、ご主人は何の用ですの」

と木原は逆に訊ねられた。

「はあ、それが、家内が昨日外出したまま、まだ戻って来ないので」

「あーら、どうしたのかしら。それであなたが」

「そうです。練馬の妹尾さんとこちらに伺ったらしいことが判ったのでやって来たわけですが」

「どうしたんでしょうね。信江さんが私に何の用があったのか、ご主人はご存知ないんですか」

「もちろん知りません」

「変な話ね」

「たしかに変です」

「連絡もないのですか」

「ありません」

「それじゃどうにもならないわね」

「はあ」

木原はここで、明らかに阿呆らしい人物になったようであった。

木原はがっかりして松宮志げ子の前をはなれた。信江も管理事務所で松宮の部屋を訊ねたに違いないと思い、帰りにまた事務所に寄ってみた。果してそれは当っていた。係員は信江を覚えていた。

「でもね、大きな猫を買物籠に入れて抱いてるもんだから、変な人だなと思いましたな」

と管理人はいった。

「変とは」

「団地じゃ小鳥のほかは動物を飼っちゃいけないことになってるのに、松宮さんのところへ猫を持っていくのかと思ってね」

木原はここまで来たことが全く無駄であったことを知らされた。

急に疲労感が足裏から這上《はいあが》ってくるのを覚え、木原はぐったりしてアパートに帰った。

——信江は外出するときも猫とはなれられず抱いていくのだろうか。

それも小さな仔猫ではなかった。十何歳かになっているはずの大きな猫なのであった。

その大きな猫を、買物籠に入れて、電車やバスに乗れるものだろうか。するとタクシーであろうか。

タクシーに乗ってまで行くほど重大な用事があったのか。あるいはそうではなくて、猫との付合いが余りに長過ぎたために、信江は少し変になったのではないか。

異常なことだと木原は思い始めた。

——猫と共に蒸発したのではなかろうか。

木原の思念が再び悪い方へ動き出したとき、木原の名を呼びながらドアをせわしく叩く音がした。

管理人が顔を覗かせ、

「木原さん電話ですよ。さっきもお留守のときにかかってきたが、二度も三度も」

「誰ですか」

「男の人だけど名前はいいません」

会社からの呼び出しだろうかと思いながら木原は管理人について下りた。

「木原ですが」

と木原は受話器をとった。

「木原さんだね」

と横柄で押しつけがましい口調が返ってきた。しかし声は若かった。木原はその若さに不安を感じた。

「ええ、そうです」

「さっきは留守だったね。二度ばかり電話したんだけどね」

「ええ、それは……」

と木原は口籠《くちごも》った。全く聞き覚えのない声が木原の不安を募《つの》らせた。

「奥さんを探してたんだろう」

「ど、どうしてそんなことを」

「その奥さんを、オレが預ってるんだ」

「えッ、なんですって」

「驚ろかすつもりはないんだが……信江という人だね」

「そ、そうです」

「その人はいまオレのところにいるから安心して貰いたいんだ」

「あんたは……」

「それはいまいえないが、オレは奥さんに、今日一日はいて貰わなければならない」

「そんな、無茶な」

「たしかに無茶かもしれないが……」

　信江の誘拐者は考える風に一度言葉を切った。

「仕方がないんだ。こうするよりほかに方法はない」

「あんたは一体……」

「いまは答えられない。木原さん、オレはあんたに恩も恨みもない。しかし奥さんには用があるんだ。用があるといっても奥さんをどうかしようというんじゃない。ただ今日一日、オレのところへいて貰えばいいんだ。判ってくれるかい、木原さん」

「判るわけがないじゃないか」

　と木原は怒鳴った。男が信江に危害を加える心配もなく、凶暴な人間には感じられなかったからである。しかし何処かに連れ去られて監禁《かんきん》されていることは確かであった。

「そこは何処だ。家内はそこにいるのか」

　と木原はいそいでいった。

「それはいえない。奥さんは元気だよ。オレの家にいるから安心してくれ。オレの女房が監視している」

「わけをいってくれ」

「わけはあとで奥さんに聞いてくれ。それよりもな、木原さん。このことを騒ぎ立てないでくれ。金を出せというわけでもないんだ。奥さんの帰りを黙って待って欲しいんだ。明日になりゃ奥さんをそっちに戻す。そうすりゃ何もかもはっきりする。それまで警察なんかに行くのはやめてくれ。いいね木原さん」

いい終ると同時に電話は切れた。

木原は声のなくなった受話器を握ったまま呆然と立ち尽した。

後に立って様子を見ていた管理人が声をかけた。木原は緩慢《かんまん》な動作で受話器を置いてぼんやりふり向いた。何ともいいようのない曖昧な色が顔に漂っていた。

「奥さんのことらしいね」

と管理人の顔は明らかな興味を浮べていた。信江が昨日出たまま戻って来ないことにこの管理人が無関心なはずはなかった。

「ええ、今の電話の男が、家内を何処かに監禁してるらしいのです」

「監禁だって……それは」

管理人は仰天したという顔になった。

「どういうわけで、一体……」

「いや、私にも判りません」

「木原さん、落着いている場合じゃありませんぜ」

「落着いてなんかいませんよ」

「すぐ警察に」

「いや、それはまずいようです」

「あんた脅迫されたね。知っている男かね」

「いえ、全然……」

「どこの誰とも判らんのかね」

「判りません」

「奥さんの方は」

「それも判りません」

「へえ。でも、金を出せというんでしょう」

「いや、金のことはいいません。ただ家内を預るといってるんですがね」

「預るって……妙な話だね。金が目的でないとすると何だろう。でも木原さん、やはり警察に届けた方が」

　と管理人が自分で電話器に手を伸ばすのを木原は制した。

「待って下さい。明日になれば家内を帰すといってますから、それまでは……第一、場所も人物も何も判らないし」

「それを探し出すのが警察の」

「届けるときは私がやりますから待って下さい」

　と木原が語調を強めた。

「そうですか。でも誘拐犯人という奴は必ず警察にバラすとためにならないといって脅《おど》かすもんですからな。まあ、奥さんが無事ならそれでいいんですがね」

　と管理人は如何にも残念そうに電話器からはなれた。この管理人は明らかに傍観者として事件を知り、それで警察が動き出すのを、非常な期待と興味をもって見物したかったのだ。その絶好の機会を目前にして、みすみす見逃さなければならぬことを残念がっているのだった。木原は管理人に警察沙汰にすることをやめるよう強く念を押してから部屋に戻った。

男の声は三十を幾つも出ていない若い声であった。その声の主が信江に用があるというのだった。どんな用なのか、考えても木原に判るはずはなかった。前触れもなく突然に起った事態を理解することは、第三者には不可能であった。だから対処する方法もなかった。

犯人のいうままに黙って今日一日を待つ以外にはなかった。

木原は信江がどんな風にしてつれ去られたかを想像してみるだけであった。

信江は東伏見団地の松宮家まではたしかに行っている。それが昨日の午後二時頃であった。そして松宮志げ子には会えず、そのまま帰路についたはずである。その帰路であの男に捉《つか》まったのだろうか。

その帰路のどの地点であろうか。バスや国電やタクシーの中では出来ないだろうから、信江が歩く路上で起ったことに違いなかった。それは団地内の道路と、三鷹まで戻ってきてからアパートまでの短い道路であり、地元の三鷹で昼間大人を連れさることはまず不可能に近い。すると団地からバス停までの間ということになる。間といっても団地の横をすぐ国道が走っており、そこにバスの停留所がありタクシーも走っているのだから、松宮志げ子の部屋から国道に出るまでの、わずか二百メートル足らずの団地内の路面で男に捉まったのであろう。

男は信江を建物の蔭で待ち伏せしていたのだろうか。午後二時頃の団地内の道路は、たしかに閑散としていて、人通りは疎《まば》らに違いないが、幾層にも立ち並んだ建物の、数百、数千にのぼる部屋の中に、人がいないはずはないのだ。信江は助けを呼ばなかったのか。それとも呼べないような状態だったのか。呼べないような状態とはどんなものなのか。あるいは呼んだけれども誰も助けに来なかったのか。いくら人通りが少ないといっても、昼間のことではないか。目撃者の一人や二人あってもよさそうなものではないか。昼間の団地内では、誰の目に触れることもなく、人を連れ去ることが出来るというのだろうか。

事実、誰にも怪しまれずに、一人の男が、一人の女を連れ去ったのだ。だからこそ犯人は悠々と電話連絡をしてきたのである。

それとも信江は男と顔見知りなのであろうか。それならば怪しまれることはないのだ。

そんな男を信江が何故知っているのか。

木原の頭は次第に疲れてきた。

犯人は、何もしないから心配しないで戻って来るのを待っていろという。たしかに犯人の口調は悪人を感じさせなかった。しかし事情が全く判らぬという理不尽《りふじん》さが木原を平静に保たせるはずがなく、だからといって警察に届け出ても、手掛りがなければ騒いだだけ無駄だと思われた。

夜になった。

木原は次第に信江が哀れに思えてきた。

『汚いなりをして、猫なんか抱いてさ』

妹尾広子の言葉がふたたび甦《よみがえ》ってきた。そして団地の管理人も猫のことを大袈裟な顔つきで語ったのだ。

——猫なんか抱いて、一体、信江は……

木原がまたそのことを頭に浮べているとき、廊下でかすかに猫の鳴声がした。木原は耳を澄ませた。今度ははっきり聞き覚えのある声が聞えた。木原は跳ね飛ぶようにしてドアを開いた。

「シロじゃないか」

木原は走りこんできた猫を抱き上げた。猫は木原の腕の中ですぐに咽喉を鳴らし始めた。

「信江はどこだい。おいシロ、お前は知ってるんだろう」

木原は意味もなく猫を腕の中で揺すった。

この猫はおそらく、信江が男に捉まるのを知って逃がしたか、その後自分で逃げてきたのであろう。信江が何処につれていかれたのか見当もつかぬが、近いところとは思えないから、三鷹からはずいぶん離れた土地に違いなく、そこからこの猫は、アパートの方角へ向って、おそらく飲まず食わず、路地を横切り、家々の庭から庭を伝い、猫には長過ぎる道中を、ただ一途に、走り続けたことであろう。

途中で何度となく迷いながらも、しかしひたすらに、あやまることなく、住み馴れたわが家へ辿《たど》りついたというわけなのか。長く飼った猫は、犬と同じように、わが家を忘れることは決してないものであった。

二日間もぶっ通しに走り続けたその姿を想像すると、木原の胸にぐっと熱いものがこみ上げてきた。何も食わなかった二日間を物語るように、背骨が手の平に痛ましく触った。

「そうだ、お前には、アジを買ってきてある」

木原は台所の冷蔵庫からアジの包みを取り出して開いた。ワタを抜いてない生魚は、既に腐敗の一歩手前か、生臭い匂いが鼻をついた。

しかしシロは、飛びつくようにしてそれを食い始めた。

「よっぽど腹が空いたんだな」

木原は苦笑した。新鮮なものしか口にしないはずのシロだったので、いかにも哀れであり、そしてまた滑稽であった。

　木原は猫に何かの手掛りはないかと調べてみたが得るところはなかった。

　木原はその夜もまた眠ることは出来なかった。明け方になってようやく瞼が下りた。

　はげしく呼び立てる管理人の声に、木原がびっくりして目を覚ましたのは既に午後二時を過ぎてからだった。

「警察からですよ」

　と管理人が叫び、木原は飛び起きた。

「警察ですって」

「杉並署だそうですよ」

　妙なところから電話が入ったものだと最初思い、すぐに信江の身に何か起ったと感じて走った。

「木原高信さんですな、こちらに奥さんが見えてます。迎えに来て下さい」

　杉並署からの電話は事務的で簡単であった。しかし木原にはそれで十分だった。信江は無事だったのだ。

　木原は滅多に乗らないタクシーで杉並署まで飛ばした。

「木原さんですか、いやあどうも、驚きました」

　と大袈裟にいいながら責任者らしい男が木原を信江の前に案内した。信江の無事な顔を見て木原は何といったらよいか瞬間ためらったが、「どうしたというんだ、一体」とやはり怒鳴ってしまった。

「ごめんなさい、黙って出てしまって」

「それはよいが、お前を何処かへつれてった男は」

「そのことはお話ししますから落着いて下さい木原さん」

と責任者の男が間に口を入れた。

「シロはどうしたかしら」

と信江が心配そうにいった。

「シロは昨夜戻って来たよ」

「ああ、よかった」

信江は眩暈《めまい》を抑えるように目を瞑《つぶ》った。

「ま、お二人の話は後にして、こっちの話を聞いて頂きましょうか。実はね木原さん、奥さんのお蔭で大変なことが判ったのですよ」

と主任らしい男は手を揉《も》むようにいって笑顔を見せた。木原は腑に落ちぬ顔つきで、主任と信江の顔を交互に見た。

「なにしろあなた、ずいぶん前の事件が解決したんですからな」

「はあ」

「この管内で起きた事件でしてな、それも、殺しなんですよ」

「殺し……」

それはこういう事件であった。

昭和二十九年二月二十三日、午後一時頃、杉並区東田町の質屋『中田』で、主人の中田益造（四十三歳）の妻市子（三十七歳）が一人で店番をしている時、何者かに絞め殺され、現金六十万余を奪われた。一時半頃外出先から戻ってきた益造がそれを発見し、警察に通報した。

犯人は十二時頃店にカメラを入質しに来ていた若い男らしく、そのカメラと店のカウンターに指紋を残していた。

警察で調べてみるとその男は傷害、窃盗等の前科のある市子の従弟で、入川友雄（十八歳）ということが判った。これは指紋照合の結果判明したことである。

六十数万円の現金が奪われており、凶悪な強盗殺人事件として杉並署に捜査本部が設けられ、入川が指名手配された。しかし入川は巧みに逃げ廻り、捜査の網にかかることなくこの事件はついに迷宮入りになった。

捜査員さえ、この事件についてはもう忘れ去っていた。ところがある日、突然一人の男が中年の婦人と連れ立って署内に乗り込んで来るや否や、わめき出した。

この男が入川友雄であった。

「この十五年間、オレがどんなに苦労をしたか、警察の旦那方には判るまい」

と入川は署内に入って来るなり、目には涙さえ浮べて、いきなり、並いる警官たちに怒鳴りつけたそうである。

「いいかい旦那方、オレは人を殺したから、時効になるまで、十五年間逃げ廻ったんじゃねえんだぜ」

と入川は更《さら》に大きく叫んだ。

「そ、それじゃ何故逃げた」

と入川を取り囲んだ警官の一人がうわずった声でいった。

「オレが殺したんじゃないからだ」

「なんだって？」

とさすがの警官たちも驚いた。

「たとえ時効になって、刑務所に行かなくても済むとはいってもな、人殺しは人殺しだろうじゃないか。世間は許すはずがない。その汚名を着せられちゃたまらないから逃げたんだ」

「……？」

「いいかい。あんたたちは、当時オレがグレてたんで、中田のいうことを頭から信用したらしいね。そしてオレを犯人にしちまった」

「お前じゃなかったのか」

「話をお終いまで聞けよ。オレは警察には弱い尻があったし、中田の店には姉貴にちょいちょい金の無心にいっていた。あの朝もオレは中田の店にいった」

「朝……」

「午前十一時頃だった。友達のカメラを失敬して金を拵えようと店にいったんだ。中田はオレを嫌っていたから、オレがいくと顔を出さない。オレは姉貴に頼んだ。別の友達に借りた一万円を返す約束があったんでね。そしたら姉貴はこのカメラじゃね、って吐《ぬか》しゃがる。五万何千もするカメラなんだぜ。おやじと違って女房はカメラが判らねえんだ。オレはカメラがちゃんとしたものだと示すために、姉貴に向けて二、三度シャッターを切ってみせた。故障したものでないことが判ると、姉貴は五千円なら貸すというんだ。大分押問答をしたが結局五千円借りて店を出た」

「それは何時頃だ」

「もう十二時近かったと思う。ずいぶん粘ったからね。それからオレは江古田の友達の家へ行った」

「何時頃」

「一時に近かったな」

「一時間もかかったのか」

「そりゃそうだよ。東田町から都電通りに出て、都電で新宿に行き、山手で池袋まで行かなきゃならない。それから西武電車で東長崎まで乗って、駅から江古田の友達の家まで十二、三分かかるんだからな」

「タクシーなら三十分でいくだろう」

「そんな金があるくらいなら、質屋にはいかねえよ」

「五千円あるじゃないか」

「これは借りた金の半分だぜ。まだ五千円あるんだ」

「なるほど、それで」

「友達は留守だった。この友達にその時会っていれば、立派なアリバイになって苦労せずに済むはずだった。でもな、そのかわりに、この奥さんに会ったんだ」

　一斉に注がれた刑事たちの視線に信江は大きく頷いた。

「オレが友達の家の路地から出てきたところで、仔猫を抱いたこの奥さんとぶつかりそうになった。奥さんはちょっと驚いたらしい。その拍子に、買物籠に入っていたその仔猫が道路に飛び下りた。オレがすぐに捕えた。真ッ白で、片眼に黒い斑《ぶち》のついた可愛《かわ》いい仔猫だった。『おばさん、可愛いい猫だね』とオレはいって奥さんの手に渡したことを覚えている。奥さんは嬉しそうに、ありがとうといった。そして別れた。もちろん初めて会った知らない人だった。オレはその後、東長崎の映画館で時間を潰し、三時過ぎにまた友達の家へ引返した。この時は友達はいた。その家で夕刊を見て驚いた。杉並の中田質店の殺しの記事だ。犯人は店にカメラを持ってきた若い男らしいと出ている。えらいことになったと思った。その友達がお前かというんだ。こいつまでがオレを疑っていると思うと怖ろしくなった。オレはロクなことはしてないし、誰からも信用されていない。その上考えてみると、オレには人を納得させるだけのアリバイがないことに気づいた。大変だと思った。しかし、オレのアリバイを証明してくれる人がたった一人だけいる。仔猫の奥さんだ。普段着に買物籠を持って歩いていたんだから、きっと近所の人に違いないとオレは思った。オレは友人の家を飛び出し、江古田の辺りを血眼で探し廻った。しかし、名前も何も判らぬ人を探し出せるわけがないんだ。偶然に道端で出遭った人に、二度遭えると思う方が間違いなんだ。オレは絶望した。オレが本当のことをいっても、信じてくれる人はいないということだ。オレは逃げた。逃げ廻った。事件は迷宮入りになった。半年もすると、警察も世間も、この事件を忘れた。オレはその後も、あの奥さんに会えないものかと、度々《たびたび》江古田付近をうろついたがこれは無駄だった。オレはいろいろなことをやった。飯場から飯場へ、土方や人夫をやることが身を隠し易いからだ。年が経っていった。そして十五年が過ぎた。

　オレはいまミシンのセールスをやっていて女房も子供もいる。そのセールスで二十一日ひる過ぎ、東伏見団地にいったんだ。二、三軒廻って道路に出たところで、この奥さんにばったり出遭った。買物籠に猫を入れて抱えていたんだ。年はとっていた。だが忘れるもんか。十五年前と同じだったんだ。

奥さんも猫もあの時と同じじゃないか。オレは息が止るほど驚いた。しかし、奥さんは、覚えてなかった。あの当時、オレはまだガキだったからな」

「そうです」

と信江が引き継いだ。

「この方があまり驚いた顔をなさるので、私も立止ってしまいました。私は知り合いを訪ねて会えずに、がっかりして帰るところでした。この方が、いきなりオレを覚えているかと仰言《おっしゃ》るんです。私はちょっと怖くなって黙っていました。すると仔猫の話をされました。十何年も前の、中野の江古田で出遭った時のことですが。私がそれを忘れるはずがありません。あの時仔猫を捕えて下さった少年がこの方だったのかと、私もはっきり思い出しました。江古田の親戚から仔猫を貰って帰る途中のことだったのです。その同じ猫を私は抱いていたのですから……私はもうすっかり驚いてしまって、それで買物籠をとり落してしまいました。今度は猫の方がびっくりしてしまって、飛び出すとそのまま逃げてしまいました。この方と私で追いましたが何処かへ姿を消してしまいました」

「しかし、オレのアリバイは十五年目にはっきりしたんだ」

と入川が叫んだ。目には涙が噴き出していた。警察官たちに言葉はなかった。

「でも、考えてみると、二十三日にならなければ時効は成立しない。それはオレが十五年間計算し続けてきた数字なんだ」

「それは、しかし、無実ならば、時効などということは関係のないことじゃありませんか。アリバイがはっきりしたんですからね」

と主任は、あまりに重大な警察の失態に怯《おび》えたのか、急に言葉を丁寧に改めていった。

「それがあるんだ」

と入川は憤った調子で切りつけるようにいった。

「二十三日になれば、真犯人は時効になったと思って、大手を振って歩くつもりだろう。そうはさせないためにオレは時効の日を待ったんだ。いいかい旦那方、刑務所で暮すより、もっと辛い目に合わせてやりたかったんだよ。お前は人殺しのくせに、時効で逃れやがったが、さぞいい気分だろうなって、いってやりたかったんだ、大声でな。町内いっぱいに聞えるような大声でな。そして世間が、そんな人間にどんな冷い態度をとるか、刑務所より辛いところだと、思い知らせてやりたいんだよ」

「そのためにこの奥さんを……」

「そうだよ。木原さんには悪いと思ったが、時効成立の二十三日までオレのアパートに奥さんはいて貰わなければならなかった。奥さんを帰せば旦那にいうだろうし、そうなりゃ旦那が黙っているはずはないしね。人殺しをそのままにしておくわけにはいかんというにきまっている。それではオレが困る。犯人を警察の手に渡さないためには、こうするほかに仕方がなかった」

「それは判りましたが、それじゃ一体、真犯人は……」

と主任はおそるおそるいいかけ、入川が截《た》ち切るように遮《さえぎ》った。

「中田に決ってるじゃないか。ほかには誰もいなかったんだ。中田は高円寺のバーの女にまるめこまれて、女房が邪魔になっていた。追い出すか殺してしまうか考えてたんだよ。オレがカメラを持っていったのを幸いに、女房を殺し、六十何万の現金を隠して、オレを犯人に仕立てたんだ」

入川はそういい切ったそうである。

「ところがですな」

と主任は木原にいった。

「入川さんは十五年という年数の数え方を間違っていましてね。つまり、事件発生の昭和二十九年を一として順次数えたわけです。すると今年四十三年で十五という数字になり、十五年目だと思いこんでいたのですよ。これは明らかに間違いで、まだ十四年しか経っていない。時効成立まであと一年、来年ということなんです」

「ほほう、それはまた……」

「ええ。これは大変なことだと私ども気づきまして、そこで早速、バーの女を後妻に入れて、悠々と店を続けている中田をしょっぴいてきました」

「でも、証拠が……」

「それです。これがわれわれの大失態だったわけで……つまり、入川さんが入質したカメラにはフィルムが入っていたのですが……」

「フィルム……しかし、それは」

「入川さんは友人のものを掻っ払ったわけで、フィルムが入ってるなんてことは知らなかったもんだから、質屋のかみさんに向けて、空シャッターを二、三度切ったつもりだったんですな。当時、われわれの方もそれを知らず、中田の証言だけに飛びついて、カメラとカウンターの指紋だけを問題にしてしまったわけです。それでその後フィルムが入っていたことに気がついて現像してみたのですが、このフィルムの、最後の三コマに、大変なものが写っているのを見逃してしまったのです」

「大変なもの、といいますと」

「大変なミスでしたね、当時の捜査陣の。この事件は迷宮入りになっていたわけですが、だからまあ、参考になる物件はずっと大切に保管してあったから助かったようなものですがね。その現像したフィルムも、十四年目に入川さんにいわれて、はじめて見直したという始末ですよ。で、何か当時のことで、中田のキメ手になるようなものを発見出来ないものかと、引伸してみたわけなんですが、この最後の三コマに、中田市子の顔が写っているのは当然でしたが、その向うのドアも写っていましてね、そのドアが、わずかに開かれていて、その隙間に人間の指がかかっている。その指に指輪がはまっているのまで、はっきり写っているんです」

「ほう。指輪をはめた指が」

「そうなんですよ。金の結婚指輪で、これが中田の指なんですな。捕《つかま》った時もはめていましたよ。それを当時の捜査陣は、フィルムを現像して見ていながら見逃したわけです。えらいミスでした。つまり中田はあの時、店の奥にいて、女房と入川さんの押問答を聞いていたわけで、そこで咄嗟《とっさ》にカメラを利用することを思いついたんですな。入川さんの指紋が残ることを計算したわけです。中田は外出なんかしなかったのですよ」

「ふーむ。そのカメラが、逆に命取りになろうとはね」

「全くです。その上に、もう一つ面白いことがあります。市子の死体解剖の結果、胃にアジの干物と白菜の漬物があって、死後三十分、午後一時ごろの犯行ということが判明したわけですが、私はそれを思い出しましてね、無駄なことだとは考えたのですが、中田をテストしてみたのですよ」

「テスト……」

「ええ。あの時、きみは昼飯に何を食ったか、おかずは何だったかとね。十四年も前の、ある日の昼食のおかずを覚えている人間なんているはずはないのですがね。ところがなんと、奴はちゃんと覚えていたんですよ。たしか、アジの干物を食った記憶がある、なんてね、うっかりいってしまった。つまり女房と一緒に昼飯を食ったということで、その直後に殺したもんだから、強く印象に残ってたんですな。犯罪者の心理的盲点という奴ですかな」

　と主任は得意気に声を立てて笑った。


　木原は信江と並んで杉並署を出た。

　みちすがら木原は、いくぶん腹立たしそうに話かけた。

「一人の青年の無実が証明されて、ほんとによかったとは思うが……お前はしかし、あんまり仲もよくない妹尾や松宮のところへ、何の用があって出掛けたんだ。まさか、金を借りにいったんじゃあるまいね」

「お金？　何のことかしら」

「そうじゃないとは思ったが……でも、それじゃ何でいったんだ。シロなんか抱いて」

「シロなんかじゃなくて、シロが問題なんですよ」

「シロが問題って……何だ」

「シロの年齢《とし》を証明して貰うために、わざわざ訪ねていったというのに」

「え、シロの年齢だって？」

「ええ。一週間ばかり前にね、テレビで〝わが家のペット〟というのを見ていたら、猫は七、八歳、犬は十五、六歳ぐらいで老衰して死ぬものが多いが、飼い方がよければ、もっと長生きするものだというの。そして毛並や歯を見れば、犬や猫の年齢は判る、というんですよ」

「それは誰がだ。アナウンサーがか」

「いいえ、アナウンサーなんかじゃないの。あなたも知ってるでしょ。藤浪京一郎という有名な研究家」

「ああ、聞いたことがあるな」

「その人がいうんですよ。だからわたし、シロをつれて、麻布の藤浪先生の家へいってみたんですよ」

「ふん、もの好きな奴だ」

「シロの年齢を隠して鑑定して貰ったのよ。そうしたら先生は、毛並や歯を見てから、これはもう八歳ぐらいになっているが、それにしては元気ですねって、見当はずれの褒《ほ》め方をするので、私は、この猫はもう十五歳になってますといったら、そんなはずはない、嘘だろうって、頭から否定されたわ」

「はーん、その先生もいい加減なもんじゃないか」

「そうしてね、この猫が十五歳だと証明してくれる人がいますかって、居直られたのよ。家族ではなく、第三者の証人がいなければ、とてもあなたのいうことは信じられませんなって、笑うのよ。私はもう口惜しくて、それじゃ第三者からの証明を貰ってきます、ときっぱりいってきたの」

「やれやれ、お前の気持が判らんことはないが、猫の年齢なんて、どうだっていいじゃないか」

「いいことはありません。藤浪先生といえばその道の権威として名の通った人でしょ。だから余計に口惜しくて……」

「そうか。それで仔猫の時から知っている妹尾や松宮に証明して貰おうと出掛けたのか」

「ええ、それが、こんな、思いがけないことになってしまって」

「は、ははは、判った。しかし、入川君という人がちゃんと証明してくれたんだ。これにケチをつけることは出来まいよ。どうだい、信江、今度は俺がその藤浪先生のところへ入川君をつれて乗りこんでやろうじゃないか。シロをつれてな、もちろんお前も一緒だ。その時の藤浪先生の面《つら》を見てやりたいね。こいつは面白いじゃないか」

木原は久し振りに大声をあげて笑った。信江のやつれた顔にもやっと微笑が上がった。

「信江、お前に、着物を一枚拵えてやろうか、どうだね」

と木原は唐突にいい出した。

「え、着物ですって？　それは、どういうことですの」

信江はいかにも不思議そうに木原を見た。木原はしかし説明しなかった。説明するかわりのように木原の足が急ぎ足になった。信江は小走りに追いついてきた。信江の肩が並んだとき、木原はその肩をそっと抱いてやりたかったが、さすがに照れ臭くて出来なかった。そしてますます急ぎ足になった。

ピーや

＊眉村　卓

あまり人とつきあわなくても良い仕事なのだが、それでもたまには昔なじみと出会うことがある。そんな時、いつでも男は気恥ずかしげに薄笑いをうかべるだけだ。だから誰も男のアパートにやって来ない。

今日は別だ。

「あなた、随分変わったわね」

酔ってぐらぐらする身体を支えながら、女はベッドの端に腰をかけて固くなっている男を見た。

「いつ頃から、そんななの？　あなた事故にあったって聞いてたけど、それからなのね」

男の視線が女を越え、ドアの横にある戸棚に向けられた。

「どうしたのよ」

女は振り返って悲鳴をあげた。

「ピーや」

と男が呼ぶと、猫が走って来て男の膝《ひざ》に跳び乗った。そして低く啼《な》いた。

「まだこの猫、飼ってるの？」

気味悪そうに女が訊《たず》ね、男はちらりと眼をあげると、微笑する。

「あなた、猫そっくり」
身を震わせて、女は言った。男は答えない。

「じゃ、帰るわよ」

「ピーや」

男は猫の背中を撫《な》でつづけている。女はみじめな表情で部屋を出て行った。ドアがばたんと鳴った。

男は猫を膝からおろすと、ドアの前まで歩いてゆき、丹念に鍵をかける。

雨がじくじくと降っていて、いつ迄《まで》も止みそうにない。男が仕事に出て行ったあと、猫は両脚を突っ張って身体を伸ばすと、部屋の中を物色しはじめた。

最初に窓際へ行って、そこが雨しぶきのために濡れているのを確かめると、ベッドの上を暫《しばら》く歩き、床に降り立ってからあちこち匂いを嗅《か》いでまわった。

猫は随分長い間、男と一緒に暮らしてきた。だからこの部屋は男のものでもあれば猫のものでもある。

男は出掛けるときにもあまり鍵をかけようとはしなかった。雑然とした部屋に忍び込もうという者がいそうもなかったからだが、猫の便宜のためもある。男の生活はまるで猫のためにあるようなものだった。

猫はその事をよく知っていて、アパートの他の住人に迷惑をかけるような事は決してしなかった。

仕事を終えるともう夜だ。男は始めに猫の食物を、それから自分の夕飯を買ってから電車に乗って帰ってゆく。そのうしろ姿は偏執的で、少し歪《ゆが》んでさえいた。

「あの人、いやな匂いがするわね」

「いつもおかずを買って帰る人？　そうねえそういえば」

「猫の匂いよ。きっと」

「猫と暮らす独身男。おお厭《いや》」

　ときどき交わされるそんな会話が聞こえるのか聞こえないのか、男の姿はいよいよ丸くいよいよ小さいのだ。

　部屋へ帰りつくと男は急いで猫の飯を作ってやり、食べ終るのを待ってから夕飯にかかる。猫が啼くと、男は手を止めて待った。用が無ければまた自分の仕事を続けるのだが、その時でも背中を撫でてやるのを忘れなかった。いつも、猫は上品で、傲岸《ごうがん》だった。男にとって、猫は生活の全部だった。


　ある夕方、男は車に撥《は》ねられて、死んだ。どこに住んでいるか判らなかったので、警官たちは彼を署にある死体置場に運び込んだ。


　あたりが暗くなり、それからだいぶ経っても男は戻って来なかった。

　猫は啼いた。はじめのうちは部屋の中をぐるぐると歩き、ベッドの上で身をまるめたり壁をひっかいたりした。

　男は帰ってこなかった。

猫は、ドアを押しあけると、廊下をゆっくりと歩き、階段を降りた。土にそっと足裏を触れて外へ出てから、近くのこわれた水道のある所へ行き、水を飲んでから引き返す。もうあたりは真暗だ。それでも猫はよく見える。

戻ってみたが、男はいない。猫は不安になって、しわがれた声で何度も啼いてみた。猫はひとりぼっちだった。

床に坐《すわ》り込み、猫はじっと虚空をみつめていた。こんな事が今迄にもあったような気がするが、たしかではない。

間もなく、月の光が部屋に流れ込んできたが、猫は動こうともしなかった。猫は男が帰ってくるのを信じていた。だから待っていた。一心に、猫は男が現われるのを待った。

たしか、こんな事が前にもあったような気がする。

月光に照らされた猫の瞳孔《どうこう》が急に開いたように見えた。

猫は男の腕のことを考えた。いつも自分を撫でるあの手。

手が浮かんでいた。猫は今度はまた男の顔のことを考えた。他の事は何にも考えずにひたすら男の事ばかり考えた。

やがて、五体揃《そろ》った男のシルエットが浮かびあがる。

「おや、どうしたんだろう」

と男は呟き、猫を呼んだ。

「ピーや」

猫はかすかに啼き声をあげると、男の膝に跳び乗った。今度の男は前よりももっと猫くさく、もっと猫に優《やさ》しかった。勿論《もちろん》、猫は自分が男を作りだしたとは知らなかった。ただ自分が待っていたから男が帰ってきたのだと信じていた。ちょうどこの前にも一回あったのと同じように……。

男はあかりを点け、かなり遅れた猫の晩飯を作るために、部屋を出て行った。猫はベッドの上でおとなしく待っていた。

こうして男と猫との生活は続けられてゆく。男はますます口数がすくなく、人間離れして行った。それでも持ち前の気性だろうからと人はあまり気にしなかった。

男は本能的に猫が主人である事を知っていたが、別段両者の関係を変えようともしなかった。

しかし、そのうちに男は街で一人の警官と出会った。警官は真青な顔になり、それでも気丈に男に呼びかけた。たしか、前に交通事故で死んだ筈《はず》の人間。しかもその死体は翌朝にはなくなっていたのである。

「きみ、この間交通事故にあわなかったか」

男は逃げるような恰好をした。警官はあわてて男の腕をつかみ、変な匂いがするのに顔をそむけた。

「死んだ真似をしていたんだろう。え？」

男は薄笑いをうかべ、警官は確信した。

「ちょっと、署まで来て貰《もら》おうか」

猫は待っていた。しかも、今度はずっと切迫していた。近所の子供に空気銃で撃たれていたからだ。血を垂らして部屋まで帰ってくるのがやっとだった。いつもなら男は帰っていて、撫でてくれる所なのに、いない。猫は自分がどうなるのか判らず、ただ怖くて苦しかった。猫は唸《うな》り、男の事を考え続けた。やがて、手と顔があらわれて、猫を抱きあげた。猫はそれで満足した。もう身体は動かず、意識は次第に薄れてゆく。「ピーや」と顔が言い、猫は答えようとしたが声にならなかった。

取調べを続けようとした警官はがばと立ちあがって絶叫をあげた。

男の頭と腕が消えると、残った身体がたちまち崩《くず》れ落ちて、一塊の埃《ほこり》となり、窓からの風に吹かれてちりぢりになって行ったのである。

お富の貞操＊芥川龍之介

一

明治元年五月十四日の午《ひる》過ぎだった。「官軍は明日《あす》夜《よ》の明け次第、東叡山彰義隊《とうえいざんしょうぎたい》を攻撃する。上野《うえの》界隈《かいわい》の町家のものは匆々《そうそう》どこへでも立ち退《の》いてしまえ。」――そう云う達しのあった午過ぎだった。下谷町《したやまち》二丁目の小間物店《こまものみせ》、古河屋政兵衛《こがやせいべえ》の立ち退いた跡には、台所の隅の蚫貝《あわびがい》の前に大きい牡《おす》の三毛《みけ》猫《ねこ》が一匹静かに香箱《こうばこ》をつくっていた。

戸をしめ切った家の中は勿論《もちろん》午過ぎでもまっ暗だった。人音《ひとおと》も全然聞えなかった。ただ耳にはいるものは連日の雨の音ばかりだった。雨は見えない屋根の上へ時々急に降り注いでは、いつかまた中空《なかぞら》へ遠のいて行った。猫はその音の高まるたびに、琥珀色《こはくいろ》の眼をまん円《まる》にした。竈《かまど》さえわからない台所にも、この時だけは無気味《ぶきみ》な燐光が見えた。が、ざあっと云う雨音以外に何も変化のない事を知ると、猫はやはり身動きもせずもう一度眼を糸のようにした。

そんな事が何度か繰り返される内に、猫はとうとう眠ったのか、眼を明ける事もしなくなった。しかし雨は不相変《あいかわらず》急になったり静まったりした。八《や》つ、八《や》つ半《はん》、――時はこの雨音の中にだんだん日の暮へ移って行った。

すると七《なな》つに迫った時、猫は何かに驚いたように突然眼を大きくした。同時に耳も立てたらしかった。が、雨は今までよりも遥かに小降りになっていた。往来を馳《は》せ過ぎる駕籠《かご》舁きの声、——そのほかには何も聞えなかった。しかし数秒の沈黙の後、まっ暗だった台所はいつのまにかぼんやり明るみ始めた。狭い板の間《ま》を塞《ふさ》いだ竈《かまど》、蓋《ふた》のない水瓶《みずがめ》の水光り、荒神《こうじん》の松、引き窓の綱、——そんな物も順々に見えるようになった。猫はいよいよ不安そうに、戸の明《あ》いた水口《みずぐち》を睨《にら》みながら、のそりと大きい体を起した。

この時この水口の戸を開いたのは、——いや戸を開いたばかりではない、腰障子もしまいに明けたのは、濡《ぬ》れ鼠《ねずみ》になった乞食《こじき》だった。彼は古い手拭をかぶった首だけ前へ伸ばしたなり、しばらくは静かな家のけはいにじっと耳を澄ませていた。が、人音のないのを見定めると、これだけは真新しい酒《さか》筵《むしろ》に鮮かな濡れ色を見せたまま、そっと台所へ上《あが》って来た。猫は耳を平《ひら》めながら、二足三《ふたあしみ》足《あし》跡ずさりをした。しかし乞食は驚きもせず後手《うしろで》に障子をしめてから、徐ろに顔の手拭をとった。顔は髭《ひげ》に埋《うず》まった上、膏薬《こうやく》も二三個所貼ってあった。しかし垢《あか》にはまみれていても、眼鼻立ちはむしろ尋常だった。

「三毛《みけ》。三毛。」

乞食は髪の水を切ったり、顔の滴《しずく》を拭ったりしながら、小声に猫の名前を呼んだ。猫はその声に聞き覚えがあるのか、平めていた耳をもとに戻した。が、まだそこに佇《たたず》んだなり、時々はじろじろ彼の顔へ疑《うたがい》深い眼を注いでいた。その間に酒筵《さかむしろ》を脱いだ乞食は脛《すね》の色も見えない泥足のまま、猫の前へどっかりあぐらをかいた。

「三毛公《みけこう》。どうした?——誰もいない所を見ると、貴様だけ置き去りを食わされたな。」

乞食は独り笑いながら、大きい手に猫の頭を撫でた。猫はちょいと逃げ腰になった。が、それぎり飛び退《の》きもせず、反《かえ》ってそこへ坐ったなり、だんだん眼さえ細め出した。乞食は猫を撫でやめると、今度は古湯帷子《ふるゆかた》の懐《ふところ》から、油光《あぶらびか》りのする短銃《たんじゅう》を出した。そうして覚束《おぼつか》ない薄明りの中に、引き金《がね》の具合を検《しら》べ出した。「いくさ」の空気の漂った、人気《ひとけ》のない家の台所に短銃をいじっている一人の乞食――それは確かに小説じみた、物珍らしい光景に違いなかった。しかし薄眼になった猫はやはり背中を円《まる》くしたまま、一切の秘密を知っているように、冷然と坐っているばかりだった。

「明日《あす》になるとな、三毛公、この界隈《かいわい》へも雨のように鉄砲の玉が降って来るぞ。そいつに中《あた》ると死んじまうから、明日はどんな騒ぎがあっても、一日縁の下に隠れていろよ。……」

乞食は短銃を検《しら》べながら、時々猫に話しかけた。

「お前とも永い御馴染《おなじみ》だな。が、今日が御別れだぞ。明日はお前にも大厄日《だいやくび》だ。おれも明日は死ぬかも知れない。よしまた死なずにすんだ所が、この先二度とお前と一しょに掃溜《はきだ》めあさりはしないつもりだ。そうすればお前は大喜びだろう。」

その内に雨はまた一しきり、騒がしい音を立て始めた。雲も棟瓦《むねがわら》を煙らせるほど、近々《ちかぢか》に屋根に押し迫ったのであろう。台所に漂った薄明りは、前よりも一層かすかになった。が、乞食は顔も挙げず、やっと検べ終った短銃へ、丹念に弾薬を装填《そうてん》していた。

「それとも名残りだけは惜しんでくれるか？　いや、猫と云うやつは三年の恩も忘れると云うから、お前も当てにはならなそうだな。――が、まあ、そんな事はどうでも好《い》いや。ただおれもいないとすると、――」

乞食は急に口を噤《つぐ》んだ。途端に誰か水口《みずぐち》の外へ歩み寄ったらしいけはいがした。短銃をしまうのと振り返るのと、乞食にはそれが同時だった。いや、そのほかに水口の障子ががらりと明けられたのも同時だった。乞食は咄嗟《とつさ》に身構えながら、まともに闖入者《ちんにゆうしや》と眼を合せた。

するとで障子を明けた誰かは乞食の姿を見るが早いか、反《かえ》って不意を打たれたように、「あっ」とかすかな叫び声を洩《も》らした。それは素裸足《すはだし》に大黒傘《だいこくがさ》を下げた、まだ年の若い女だった。彼女はほとんど衝動的に、もと来た雨の中へ飛び出そうとした。が、最初の驚きから、やっと勇気を恢復《かいふく》すると、台所の薄明りに透《す》かしながら、じっと乞食の顔を覗《のぞ》きこんだ。

乞食は呆気《あつけ》にとられたのか、古湯帷子《ふるゆかた》の片膝を立てたまま、まじまじ相手を見守っていた。もうその眼にもさっきのように、油断のない気色《けしき》は見えなかった。二人は黙然《もくねん》としばらくの間、互《たがい》に眼と眼を見合せていた。

「何だい、お前は新公《しんこう》じゃないか？」

彼女は少し落ち着いたように、こう乞食へ声をかけた。乞食はにやにや笑いながら、二三度彼女へ頭を下げた。

「どうも相済みません。あんまり降りが強いもんだから、つい御留守へはいこみましたがね――何、格別明《あ》き巣《す》狙《ねら》いに宗旨《しゆうし》を変えた訣《わけ》でもないんです。」

「驚かせるよ、ほんとうに――いくら明き巣狙いじゃないと云ったって、図々《ずうずう》しいにもほどがあるじゃないか？」

彼女は傘の滴《しずく》を切り切り、腹立たしそうにつけ加えた。

「さあ、こっちへ出ておくれよ。わたしは家《うち》へはいるんだから。」

「へえ、出ます。出ろと仰有《おつしや》らないでも出ますがね。姐《ねえ》さんはまだ立ち退《の》かなかったんですかい？」

「立ち退いたのさ。立ち退いたんだけれども、――そんな事はどうでも好《い》いじゃないか？」

「すると何か忘れ物でもしたんですね。――まあ、こっちへおはいんなさい。そこでは雨がかかりますぜ。」

彼女はまだ業腹《ごうはら》そうに、乞食の言葉には返事もせず、水口《みずぐち》の板の間《ま》へ腰を下《おろ》した。それから流しへ泥足を伸ばすと、ざあざあ水をかけ始めた。平然とあぐらをかいた乞食は髭《ひげ》だらけの顋《あご》をさすりながら、じろじろその姿を眺めていた。彼女は色の浅黒い、鼻のあたりに雀斑《そばかす》のある、田舎者らしい小女《こおんな》だった。なりも召使いに相応な手織木綿《もめん》の一重《ひとえ》物《もの》に、小倉《こくら》の帯しかしていなかった。が、活《い》き活《い》きした眼鼻立ちや、堅肥《かたぶと》りの体つきには、どこか新しい桃や梨を連想させる美しさがあった。

「この騒ぎの中を取りに返るのじゃ、何か大事の物を忘れたんですね。何です、その忘れ物は？　え、姐《ねえ》さん。――お富《とみ》さん。」

新公《しんこう》はまた尋ね続けた。

「何だって好《い》いじゃないか？　それよりさっさと出て行っておくれよ。」

お富の返事は突慳貪《つっけんどん》だった。が、ふと何か思いついたように、新公の顔を見上げると、真面目にこんな事を尋ね出した。

「新公、お前、家《うち》の三毛を知らないかい？」

「三毛？　三毛は今ここに、――おや、どこへ行きやがったろう？」

乞食はあたりを見廻した。すると猫はいつの間にか、棚の擂鉢《すりばち》や鉄鍋の間に、ちゃんと香箱《こうばこ》をつくっていた。その姿は新公と同時に、たちまちお富にも見つかったのであろう。彼女は柄杓《ひしゃく》を捨てるが早いか、乞食の存在も忘れたように、板の間の上に立ち上《あが》った。そうして晴れ晴れと微笑しながら、棚の上の猫を呼ぶようにした。

新公は薄暗い棚の上の猫から、不思議そうにお富へ眼を移した。

「猫ですかい、姐《ねえ》さん、忘れ物と云うのは？」

「猫じゃ悪いのかい？――三毛、三毛、さあ、下りて御出《おい》で。」

新公は突然笑い出した。その声は雨音《あまおと》の鳴り渡る中にほとんど気味の悪い反響を起した。と、お富はもう一度、腹立たしさに頬を火照《ほて》らせながら、いきなり新公に怒鳴《どな》りつけた。

「何が可笑《おか》しいんだい？　家《うち》のお上《かみ》さんは三毛を忘れて来たって、気違いの様になっているんじゃないか？　三毛が殺されたらどうしようって、泣き通しに泣いているんじゃないか？　わたしもそれが可《か》哀《わい》そうだから、雨の中をわざわざ帰って来たんじゃないか？――」

「ようござんすよ。もう笑いはしませんよ。」

新公はそれでも笑い笑い、お富の言葉を遮《さえぎ》った。

「もう笑いはしませんがね。まあ、考えて御覧なさい。明日にも『いくさ』が始まろうと云うのに、高《たか》が猫の一匹や二匹――これはどう考えたって、可笑《おか》しいのに違いありませんや。お前さんの前だけれども、一体ここのお上さんくらい、わからずやのしみったれはありませんぜ。第一あの三毛公を探しに、……」

「お黙りよ！　お上さんの讒訴《ざんそ》なぞは聞きたくないよ！」

お富はほとんどじだんだを踏んだ。が、乞食は思いのほか彼女の権幕《けんまく》には驚かなかった。のみならずしげしげ彼女の姿に無遠慮な視線を注いでいた。実際その時の彼女の姿は野蛮な美しさそのものだった。雨に濡れた着物や湯巻《ゆまき》、――それらはどこを眺めても、ぴったり肌についているだけ、露《あら》わに肉体を語っていた。しかも一目に処女を感ずる、若々しい肉体を語っていた。新公は彼女に目を据えたなり、やはり笑い声に話し続けた。

「第一あの三毛公を探しに、お前さんをよこすのでもわかっていますさあ。ねえ、そうじゃありませんか？　今じゃもう上野界隈《かいわい》、立ち退《の》かない家《うち》はありませんや。して見れば町家《ちょうか》は並んでいても、人のいない町原《まちばら》と同じ事だ。まさか狼も出まいけれども、どんな危い目に遇《あ》うかも知れない。——と、まず云ったものじゃありませんか？」

「そんな余計な心配をするより、さっさと猫をとっておくれよ。——これが『いくさ』でも始まりゃしまいし、何が危い事があるものかね。」

「冗談云っちゃいけません。若い女の一人歩きが、こう云う時に危くなけりゃ、危いと云う事はありませんや。早い話がここにいるのは、お前さんとわたしと二人っきりだ。万一わたしが妙な気でも出したら、姐《ねえ》さん、お前さんはどうしなさるね？」

　新公はだんだん冗談だか、真面目だか、わからない口調になった。しかし澄んだお富の目には、恐怖らしい影さえ見えなかった。

　ただその頬には、さっきよりも、一層《いっそう》血の色がさしたらしかった。

「何だい、新公、——お前はわたしを嚇《おど》かそうって云うのかい？」

　お富は彼女自身嚇かすように、一足《ひとあし》新公の側へ寄った。

「嚇かすえ？　嚇かすだけならば好《い》いじゃありませんか？　肩に金切《きんぎ》れなんぞくっつけていたって、風《ふう》の悪いやつらも多い世の中だ。ましてわたしは乞食ですぜ。嚇かすばかりとは限りませんや。もしほんとうに妙な気を出したら、……」

　新公は残らず云わない内に、したたか頭を打ちのめされた。お富はいつか彼の前に、大黒傘《だいこくがさ》をふり上げていたのだった。

「生意気な事をお云いでない。」

お富はまた新公の頭へ、力一ぱい傘を打ち下《おろ》した。新公は咄嗟《とっさ》に身を躱《かわ》そうとした。が、傘はその途端に、古湯帷子《ふるゆかた》の肩を打ち据えていた。この騒ぎに驚いた猫は、鉄鍋を一つ蹴落《けおと》しながら、荒神《こうじん》の棚へ飛び移った。と同時に荒神の松や油光りのする灯明皿《とうみょうざら》も、新公の上へ転げ落ちた。新公はやっと飛び起きる前に、まだ何度もお富の傘に、打ちのめされずにはすまなかった。

「こん畜生！　こん畜生！」

お富は傘を揮《ふる》い続けた。が、新公は打たれながらも、とうとう傘を引ったくった。のみならず傘を投げ出すが早いか猛然とお富に飛びかかった。二人は狭い板の間の上に、しばらくの間摑《つか》み合った。この立ち廻りの最中に、雨はまた台所の屋根へ、凄《すさ》まじい音を湊《あつ》め出した。光も雨音《あまおと》の高まるのと一しょに、見る見る薄暗さを加えて行った。新公は打たれても、引っ掻かれても、遮二無二《しゃにむに》お富を扭《ね》じ伏せようとした。しかし何度か仕損《しそん》じた後《のち》、やっと彼女に組み付いたと思うと、突然また弾《はじ》かれたように、水口《みずぐち》の方へ飛びすさった。

「この阿魔《あま》ぁ！……」

新公は障子を後ろにしたなり、じっとお富を睨《にら》みつけた。いつか髪も壊《こわ》れたお富は、べったり板の間に坐りながら、帯の間に挟んで来たらしい剃刀《かみそり》を逆手《さかて》に握っていた。それは殺気を帯びてもいれば、同時にまた妙に艶《なま》めかしい、云わば荒神の棚の上に、背を高めた猫と似たものだった。二人はちょいと無言のまま、相手の目の中を窺《うかが》い合った。が、新公は一瞬の後、わざとらしい冷笑を見せると、懐《ふところ》からさっきの短銃を出した。

「さあ、いくらでもじたばたして見ろ。」

短銃の先は徐《おもむ》ろに、お富の胸のあたりへ向った。それでも彼女は口惜《くや》しそうに、新公の顔を見つめたきり、何とも口を開《ひら》かなかった。新公は彼女が騒がないのを見ると、今度は何か思いついたように、短銃の先を上に向けた。その先には薄暗い中に、琥珀色《こはくいろ》の猫の目が仄《ほの》めいていた。

「好《い》いかい？　お富さん。——」

新公は相手をじらすように、笑いを含んだ声を出した。

「この短銃がどんと云うと、あの猫が逆様《さかさま》に転げ落ちるんだ。お前さんにしても同じ事だぜ。そら好《い》いかい？」

引き金《がね》はすんでに落ちようとした。

「新公！」

突然お富は声を立てた。

「いけないよ。打っちゃいけない。」

新公はお富へ目を移した。しかしまだ短銃の先は、三毛猫に狙いを定めていた。

「いけないのは知れた事だ。」

「打っちゃ可哀そうだよ。三毛だけは助けておくれ。」

お富は今までとは打って変った、心配そうな目つきをしながら、心もち震える唇《くちびる》の間に、細かい歯並みを覗かせていた。新公は半ば嘲《あざけ》るように、又半ば訝《いぶか》るように、彼女の顔を眺めたなり、やっと短銃の先を下げた。と同時にお富の顔には、ほっとした色が浮んで来た。

「じゃ猫は助けてやろう。その代り。——」

新公は横柄《おうへい》に云い放った。

「その代りお前さんの体を借りるぜ。」

お富はちょいと目を外《そ》らせた。一瞬間彼女の心の中《うち》には、憎しみ、怒り、嫌悪《けんお》、悲哀、そのほかいろいろの感情がごったに燃え立って来たらしかった。新公はそう云う彼女の変化に注意深い目を配りながら、横歩きに彼女の後ろへ廻ると茶の間の障子を明け放った。茶の間は台所に比べれば、勿論《もちろん》一層薄暗かった。が、立ち退《の》いた跡と云う条、取り残した茶箪笥《ちゃだんす》や長火鉢は、その中にもはっきり見る事が出来た。新公はそこに佇《たたず》んだまま、かすかに汗ばんでいるらしい、お富の襟もとへ目を落した。するとそれを感じたのか、お富は体を捻《ねじ》るように、後ろにいる新公の顔を見上げた。彼女の顔にはもういつの間にか、さっきと少しも変らない、活《い》き活《い》きした色が返っていた。しかし新公は狼狽《ろうばい》したように、妙な瞬《またた》きを一つしながら、いきなりまた猫へ短銃を向けた。

「いけないよ。いけないってば。――」

お富は彼を止めると同時に、手の中の剃刀《かみそり》を板の間へ落した。

「いけなけりゃあすこへお行きなさいな。」

新公は薄笑いを浮べていた。

「いけ好《す》かない！」

お富は忌々《いまいま》しそうに呟《つぶや》いた。が、突然立ち上ると、ふて腐れた女のするように、さっさと茶の間へはいって行った。新公は彼女の諦めの好《い》いのに、多少驚いた容子《ようす》だった。雨はもうその時には、ずっと音をかすめていた。おまけに雲の間には、夕日の光でもさし出したのか、薄暗かった台所も、だんだん明るさを加えて行った。新公はその中に佇《たたず》みながら、茶の間のけはいに聞き入っていた。小倉《こくら》の帯の解かれる音、畳の上へ寝たらしい音。――それぎり茶の間はしんとしてしまった。

新公はちょいとためらった後、薄明るい茶の間へ足を入れた。茶の間のまん中にはお富が一人、袖に顔を蔽《おお》ったまま、じっと仰向《あおむ》けに横たわっていた。新公はその姿を見るが早いか、逃げるように台所へ引き返した。彼の顔には形容の出来ない、妙な表情が漲《みなぎ》っていた。それは嫌悪のようにも見えれば、恥じたようにも見える色だった。彼は板の間へ出たと思うと、また茶の間へ背を向けたなり、突然苦しそうに笑い出した。

「冗談だ。お富さん。冗談だよ。もうこっちへ出て来ておくんなさい。……」

――何分かの後、懐《ふところ》に猫を入れたお富は、もう傘を片手にしながら、破《やぶ》れ筵《むしろ》を敷いた新公と、気軽に何か話していた。

「姐《ねえ》さん。わたしは少しお前さんに、訊《き》きたい事があるんですがね。――」

新公はまだ間《ま》が悪そうに、お富の顔を見ないようにしていた。

「何をさ！」

「何をって事もないんですがね。――まあ肌身を任せると云えば、女の一生じゃ大変な事だ。それをお富さん、お前さんは、その猫の命と懸《か》け替《かえ》に、――こいつはどうもお前さんにしちゃ、乱暴すぎるじゃありませんか？」

新公はちょいと口を噤《つぐ》んだ。がお富は頬笑《ほほえ》んだぎり、懐の猫を劬《いたわ》っていた。

「そんなにその猫が可愛いんですかい？」

「そりゃ三毛も可愛いしね。――」

お富は煮え切らない返事をした。

「それともまたお前さんは、近所でも評判の主人思いだ。三毛が殺されたとなった日にゃ、この家《うち》の上《かみ》さんに申し訣《わけ》がない。——と云う心配でもあったんですかい？」

「ああ、三毛も可愛いしね。お上さんも大事にゃ違いないんだよ。けれどもただわたしはね。——」

お富は小首を傾けながら、遠い所でも見るような目をした。

「何と云えば好《い》いんだろう？　ただあの時はああしないと、何だかすまない気がしたのさ。」

——さらにまた何分《なんぷん》かの後、一人になった新公は、古湯帷子《ふるゆかた》の膝を抱いたまま、ぼんやり台所に坐っていた。暮色は疎《まば》らな雨の音の中に、だんだんここへも迫って来た。引き窓の綱、流し元の水瓶《みずがめ》、——そんな物も一つずつ見えなくなった。と思うと上野の鐘が、一杵《いっしょ》ずつ雨雲にこもりながら、重苦しい音を拡げ始めた。新公はその音に驚いたように、ひっそりしたあたりを見廻した。それから手さぐりに流し元へ下りると、柄杓《ひしゃく》になみなみと水を酌《く》んだ。

「村上新三郎源《むらかみしんざぶろうみなもと》の繁光《しげみつ》、今日だけは一本やられたな。」

彼はそう呟《つぶや》きざま、うまそうに黄昏《たそがれ》の水を飲んだ。……

＊　＊　＊

明治二十三年三月二十六日、お富は夫や三人の子供と、上野の広小路《ひろこうじ》を歩いていた。

その日はちょうど竹の台に、第三回内国博覧会の開会式が催される当日だった。おまけに桜も黒門《くろもん》のあたりは、もうたいてい開いていた。だから広小路の人通りは、ほとんど押し返さないばかりだった。そこへ上野の方からは、開会式の帰りらしい馬車や人力車の行列が、しっきりなしに流れて来た。前田《まえだ》正名《まさな》、田口《たぐち》卯吉《うきち》、渋沢栄一《しぶさわえいいち》、辻新次《つじしんじ》、岡倉覚三《おかくらかくぞう》、下条正雄《しもじょうまさお》——その馬車や人力車の客には、そう云う人々も交《まじ》っていた。

五つになる次男を抱いた夫は、袂《たもと》に長男を縋《すが》らせたまま、目まぐるしい往来の人通りをよけよけ、時々ちょいと心配そうに、後ろのお富を振り返った。お富は長女の手をひきながら、そのたびに晴れやかな微笑《ほほえみ》を見せた。勿論《もちろん》二十年の歳月は、彼女にも老《おい》を齎《もたら》していた。しかし目の中《うち》に冴えた光は昔と余り変らなかった。彼女は明治四五《しご》年頃に、古河屋政兵衛《こがやせいべえ》の甥《おい》に当る、今の夫と結婚した。夫はその頃は横浜に、今は銀座の何丁目かに、小さい時計屋の店を出していた。……

お富はふと目を挙げた。その時ちょうどさしかかった、二頭立の馬車の中には、新公が悠々と坐っていた。新公が、――尤《もっと》も今の新公の体は、駝鳥《だちょう》の羽根の前立《まえだて》だの、厳《いか》めしい金モオルの飾緒《かざりお》だの、大小幾つかの勲章だの、いろいろの名誉の標章に埋《うず》まっているようなものだった。しかし半白《はんぱく》の髯《ひげ》の間に、こちらを見ている赭《あか》ら顔は、往年の乞食に違いなかった。お富は思わず足を緩《ゆる》めた。が、不思議にも驚かなかった。新公はただの乞食ではない。――そんな事はなぜかわかっていた。顔のせいか、言葉のせいか、それとも持っていた短銃のせいか、とにかくわかってはいたのだった。お富は眉も動かさずに、じっと新公の顔を眺めた。新公も故意か偶然か、彼女の顔を見守っていた。二十年以前の雨の日の記憶は、この瞬間お富の心に、切ないほどはっきり浮んで来た。彼女はあの日無分別にも、一匹の猫を救うために、新公に体を任そうとした。その動機は何だったか、――彼女はそれを知らなかった。新公はまたそう云う羽目《はめ》にも、彼女が投げ出した体には、指さえ触れる事を肯《がえん》じなかった。その動機は何だったか、――それも彼女は知らなかった。が、知らないのにも拘《かかわ》らず、それらは皆お富には、当然すぎるほど当然だった。彼女は馬車とすれ違いながら、何か心の伸びるような気がした。

新公の馬車の通り過ぎた時、夫は人ごみの間から、またお富を振り返った。彼女はやはりその顔を見ると、何事もないように頬笑《ほほえ》んで見せた。活《い》き活《い》きと、嬉しそうに。……

猫文法

＊川又千秋

「……グルニャーア、グルル」

（うーむ、もう朝か……）僕はちょうど良い具合に暖まっているベッドの中で、嫌々ながら身じろぎした。（ええい、いったい、何時なんだ……）こっそり、目を開く。しかし、あたりはまだ暗い。六時を回ったか、回らないかの時間だろう。

「グルニャーア、グルニャーア……」

ミリイが耳元で再び鳴いた。

これはもう、僕にとっておなじみの猫語だ。グルニャーア、と語尾を上げる。どちらかと言えば命令口調のイントネーションだ。つまりミリイは、（メシをくれや、おい、メシ）と繰り返しているのだ。

（ウムムムム……）

僕は毛布の奥へもぐりこみながら、小さく呻《うめ》いた。（全くまずいクセをつけてしまったものだ……）と寝ボケ頭で、毎朝のように反省する。

ミリイをペット・ショップで見初めたのは、暑い盛りの八月だった。

ちょうどその頃、僕は健康のために早朝の散歩風ジョギングを日課としていた。夏だから当然のことながら日の出は早い。僕は五時半にベッドから起き出し、まずコーヒーを一杯、そして六時には散歩へ出かけるというスケジュールを実行していた。

猫のミリイを家へひきとってからは、このコーヒー・タイムにキャット・フードを盛りつける、という儀式が加わった。

我が家の住人となって一週間も経つと、子猫のミリイはこのリズムを覚えこみ、五時半にはきまって僕を起こしに来るようになった。

のそのそ、と足の方から胸へ這《は》い上ってきて、その鼻面を僕の顔に押しつける。そして、「グルニャーア（メシをくれや）」とやるのである。

最初のうち、これは全く便利な目ざまし時計に思えたものだ。

なにしろ、ネジの巻き忘れや、セットの間違いを心配する必要がない。しかも正確に、しんぼう強く、僕が目を開けて起き上るまで「グルルル……」とノドを鳴らし続けてくれるのである。

おかげで、僕は夏中、この早朝の日課を欠かさず実行することができた。

「しかし、律気なもんだなあ。毎朝、ぴたり五時半になると起こしにくる。どうやって時間を確かめるんだろう……」

僕は本気でこれに感心した。

「やはり、日の出を目安にするんだろうか……まさか、時計の針を読むわけじゃなかろうし……」

朝にはまるで弱かった僕も、この優しい生きた目ざまし時計には大満足だったのだ。

ところが長かった夏も終わり、木枯しが吹きはじめたというのに、ミリイの朝の習慣に全く変化が見られないことを発見して、僕はいささかあせりはじめた。

季節が移れば、当然日の出は遅くなる。それにつれてミリイの目覚ましタイムも自然に遅くなるに違いない、と勝手に思い込んでいた僕が甘かったのだ。

ミリイの時間感覚がそうした相対的判断基準によるものではなく、絶対的な、生物の体内時計によるものらしい、と気づいた頃、朝の五時半や六時は、すでに真っ暗という季節になってしまっていた。

しかも、冬の朝は寒い。

僕はなんとかミリイの朝の習慣を三十分でも四十分でも遅らそうと努力を続けた。せめて七時、いや六時半まで起床時間をのばしたかった。

しかし、三つ子の魂はなんとやら。子猫の間に叩き込まれた習慣を、ミリイは全く変える気がないらしい。とにかく、五時半から僕が目ざめるまで、ミリイは「グルニャーア（メシをくれや）」と「グルルルル……（おい、起きろよ、おい……）」を僕の胸の上で続けるのだ。

僕はミリイの声を聞きながら、目蓋を固く閉じ直した。どうしても今は起きたくなかった。昨夜、というより、今朝のウィスキーが、まだそのまま体内に残っていて気持ちが悪かった。

しかも布団一枚外は、まるで別世界のように厳しい朝の冷気が張りつめている。

「グルルニャーア！　グルニャーア！」

ミリイの声が次第に警告の響きを帯びはじめた。

ミリイは僕の帰りが遅かったことでも、かなり腹を立てている。加えて、朝メシもよこさんとは何事だ！　というわけだろう。

胸の上で、ふっ、とミリイの立ち上がる気配がした。

途端、パチ、パチ、パチン、と頭上の蛍光灯がともる。寝室が、まぶしいその明りで満たされた。

「うぐ、うむむむ……」

僕はついに声を出して唸《うな》った。これをやられては寝ているわけにいかない。「よし、よし、分かったよ……もォ」

この蛍光灯つけは、ミリイの得意技のひとつだ。

ものぐさな僕は、ベッドに横になったまま蛍光灯をつけたり消したり出来るよう、スイッチのヒモを長くのばしている。ミリイはそれを両方の前肢ではさんではひっぱり、勝手に部屋を明るくしてしまうのである。

ひとりで留守番している間など、これをつけたり消したりして遊んでいるらしく、暗いはずの家の中に灯りがともっていて驚かされたこともある。

フスマを開けるだけならどんな猫でもできるが、これを閉めるようになったら化け猫一歩手前だ、と言われる。ミリイの蛍光灯つけは、どのあたりにランクされるのだろうか。

……などとブツブツ考えながら、僕は仕方なしに意を決し、毛布から這い出ると、ガウンをまとった。

キッチンへのろのろ入りこむと、ミミーの赤カンと、ピュリナのキャット・チャウをスプーンで混ぜ合わせて、ミリイの朝食をつくりはじめた。

（ああ、どうにかして、このミリイに、あと一時間、いや四十分でも遅く起きるよう説得できないものだろうか……僕はミリイの猫語が大体は理解できる……ミリイはミリイで僕の喋る人間の言葉がある程度は分かるらしい……しかし、これではお互い一方通行で、本当のコミュニケーションとは言えないんだ……いざ、話し合いが必要な時に、僕は猫語が喋れないし、ミリイも人間の言葉が話せない……)

僕はぼんやりと椅子に腰を下ろし、満足気にノドを鳴らしながら朝食に顔を突っ込んでいるミリイの様子を眺めていた。

(うーむ、なんとか、こいつと共通の言語を見つけられないものだろうか……)僕は寝ボケまなこをこすりながら、その日はじめてのハイライトに火を移した。

ようやく窓の外に朝日が射しはじめる。

(もしミリイと話ができるようになったら……)僕はこの猫に言ってやりたいことがいくつもあった。まず第一に、冬季は七時以降(できれば八時過ぎに)朝食を要求すること。夜中は絶対に蛍光灯を勝手に点けないこと(何度ぎょうてんして跳び起きたかしれない)。仕事中に万年筆とじゃれないこと。同じく、原稿用紙の上に座り込まないこと。それと、原稿をのぞきこんで冷笑的な表情をしないこと……などなど。

それに、足をびしょびしょに濡らしたまま、書きかけの原稿の上を歩き回ってはいけない、とも言ってやらなくてはなるまい。

僕の猫とのコミュニケーション計画は、こんなたわいもない理由から始められたのだった。

…………

…………

もとより僕は生物学や、動物言語を研究する比較心理学などの研究者ではない。だから、学問的成果や、科学的野心などとは縁がなかった。

と同時に、心を開けば、どんな動物とでもお話ができるなどと信じこめるほど幼くもなく、また夢想家でもなかった。

ただ、何となく、猫ぐらいとなら、最低限のコミュニケーションを相互に確立できそうな、妙な自信は感じていた。

見も知らぬ異星のエーリアンと意思疎通を図ることを考えたら、同じ地球の、しかも同じ日本で生まれた、温血の哺乳類が相手である。

先祖をはるか辿《たど》ってゆけば、この猫ともどこかで血縁関係になるはずだ、という生物学的親密感も僕をはげました。

そこで僕は、ヒマを見つけては、猫のミリイとのコミュニケーションの糸口になりそうな資料を集めはじめた。

まず第一に考えたのは、僕が猫に歩み寄って、ミリイの猫語を習得できないものか、ということである。

ダブリン生まれのミステリ作家パトリシア・モイーズ女史は、アガサ・クリスティを継ぐ本格派の女王として日本にもファンが多いが、彼女はまた大の猫好きとしても有名だ。

モイーズ女史には、猫との交流の秘密を公開した『猫と話しませんか?』（晶文社）という、そのものズバリの著書があり、僕はまず、このあたりから手をつけてみることにした。

女史は、その書物で、一般的な猫のヴォキャブラリイには『喉を鳴らす』という無意識的な反応に加えて十二のパターンがある、と分析している。

即ち、『歓迎する』『情報を伝える』『要求する』『不満を訴える』『恐慌をきたす』『抗議する』『憤慨する』『怒る』『おどしをかける』『求愛する』『あなたに呼びかける』『無音の叫び』がそれであり、飼い主はこれをもとに「自分のネコの話しかたのニュアンスに耳を慣れさせる必要がある」のだそうだ。

なるほど、これが基本猫会話ということなのだろう。まずそれを正確に聞きとり、そしてこちらで発声できるようになれば、まあ日常、家庭内の会話ぐらいは用が足せそうだ、と僕は思った。考えてもみて欲しい。人間だって、フロ、メシ、オチャ、ネル、程度の貧弱なヴォキャブラリイで結構幸福な家庭生活を営んでいるのだ。猫と人間の結びつきには、この十二パターンくらいがちょうど良いところであろう。

そこで、僕はミリイの猫語をきちんと記録してみることにした。

グルニャーア＝メシをくれや

これは非常にはっきりしている。モイーズ・パターンの『要求』にあたるのだろう。しかし、この言葉を、人間から猫に対して使う場面はあまり考えられないので発声練習は必要ないだろう。

次にミリイのよく使う言葉……。

グルニア＝遊んでくれや

これは短く発音し、「グルニア、グルニア、グルニア」というように幾度か重ねて使用する。これは一見要求だが、実は退屈しているのに相手にしてもらえない時、強い調子で主張する言葉だから『不満』と分類できるのではないか。

歓迎は、小さな声で、

ミイ＝もお！（また変な人を連れて来て）

情報は、

ミャア!?＝見たあ!?（怖い大型犬などを目撃した時）

ミャオ、ミャオ！＝大変、大変！（灰皿が落ちてる！……実は自分で落としたのに、こう言ってとぼける）

抗議は、

グルルニャ！＝（知らんぷりしてると）暴れちゃうぞ！

などなど……。

ところが、この分類ノートをつけはじめて、僕は我が家のミリイが思った以上に無口な猫だと改めて気付かされた。

ミリイは長毛種に属するペルシャ猫の雌。『猫と話しませんか？』の中でモイーズ女史も繰り返し言及しているが、世界の猫の中で、最も語彙が豊富でお喋りなのはシャム猫で、その反対に、最も声を出すことをおっくうがるのがペルシャ猫なのである。

どう記録しようにも、ミリイはこれまでに挙げたいくつかのパターン以上はほとんど喋ろうとしない。これには困った。

何とか喋らせようと、いろいろなでくり回してみたり、呼びかけてみたりするのだが、ミリイの答は、きまって、

グルル……＝何だい……（ウルサイナ）だけなのである。

いくらなんでも、これだけでは満足なコミュニケーションは成立しそうにない。

ここで、僕の《猫会話習得計画》は一頓挫と相なった。

結局、パトリシア・モイーズ女史の『猫と話しませんか？』は、彼女の飼っている二匹のシャム猫

がいかに喋り上手で利口かという自慢エッセイでもあるために、内容をそのまま応用できるわけではないらしい。僕はちょっと失望した。

しかし、にもかかわらず、僕はこの本から猫とのコミュニケーションの基本となる数多くの事柄を学んでいた。それが後になって、さまざまに役立ってくるのだが、その時の僕はまだそれに気付いていなかった。

さて、そうこうするうちに何週間かが過ぎていった。

ある日僕は、仕事の取材のため、知り合いのアニメ・スタジオを訪ねて数本のヴィデオ・テープを見せてもらっていた。

それは主に兵器や軍事情報に関する特バンの録画で、ヴィデオの装置を持っていない僕は、しばしばこうして見のがした番組を補充することにしていたのだ。

目的の録画をひと通り見終え、他に何か掘り出し物は、とヴィデオ・ライブラリイをのぞいていた僕は、《チンパンジーの手話／ワショー》とラベルにあるかなり古い一巻のテープを見つけ出した。

「何だい？　これは……」

僕はそれをスタジオの友人に差し出した。

「ああ……これは、田中が録っておいたんじゃないかな。あいつ、動物が好きだからなあ」

「この、チンパンジーの手話ってのは、どういうこと？」僕はテープを彼に渡しながらなおも訊いた。どこか、ピンと来るものがあったのだ。

「うん。確かね、そのワショーとかいうチンパンジーに手話を教えるドキュメンタリイだったと思うなア。ほら、チンパンジーって声帯が人間と違うからコトバを教えてもほとんど喋れないんだ。そこで、なんとかいう学者が、手話ならできるんじゃないかって試してみるオハナシだったはずよ」

友人はその番組をうろおぼえながら説明して、カセットテープをヴィデオにセットしてくれた。

「まあ、ヒマだったらこれも見て行けばいいじゃない。ただし、武器はまるで登場しないけど」

兵器マニアの彼は、そのヴィデオに全く関心がないらしく、セットが終わると自分の仕事部屋へと引き上げて行った。

……番組が始まった。そして僕はそれからの一時間、完全にそのドキュメンタリイ録画のトリコになってしまったのである。

それはまさに、僕の探していた資料、そのものだったのだ。

ヴィデオを見終ると、僕は友人へのあいさつもそこそこに、スタジオをとび出した。

そのままタクシーにとび乗って、新宿の大きな書店に駆けつける。

もちろん、今ヴィデオで見たワショー、及び、チンパンジーの手話学習に関する文献を探すのが目的である。資料はノッてる内に漁れ、これが僕の鉄則なのだ。

それはすぐに何冊も見つかった。

アライン・アモン著『チンパンジーの言語学習』（玉川選書）、A・プリマック著『チンパンジー読み書きを習う』（思索社）、E・リンデン著『チンパンジーは語る』（紀伊國屋書店）……などなど。

僕はそれらを買い込むと、大急ぎでミリイの待つ家へとって返した。

ミリイとのコミュニケーション計画の糸口がようやく見つかったのだ。

僕は口笛でも吹きたい気分だった。僕と同じようなことを考え、すでにチンパンジーで試していた人々がいたのだ。しかも、ヴィデオや文献のひろい読みで得たかぎりの知識によれば、その試みは見事に成功していたのである。

「ミリイ！　ミリイ！　おまえさんと、何とか話せそうな気がしてきたぞ！」

僕はドアを開けて家へ飛び込んだ。

「ミイ……ミイ……」

ミリイはかなり不機嫌な表情で僕を迎えた。「グルルルル……」とにらみつける。

そんなミリイに好物のプリンを与えると、僕は午後の予定を変更して、買ってきた資料に読みふけった。

それ等はすべてが、完全に学問的に認定され、オーソライズされた事実であるにもかかわらず、僕にとって相当に驚くべき実験報告と思えた。

一般にも余り知られてはいないと思うので、研究の歴史をかいつまんで説明しておこう。

昔からチンパンジーやゴリラ、オランウータンなどの大型類人猿がかなりの知能を有しているらしいことは多くの人によって認められていた。

しかし、それが人間と比較してどの程度なのか、はっきりしたことはつかめていなかった。

そこで、生まれたばかりのチンパンジーを人間の赤ん坊といっしょに育てたらどうなるか、という実験が、まず一九三〇年、アメリカで行なわれた。

人間の子どもが赤ん坊のうちに狼にさらわれ、その群のなかで育てられる、という〝狼少年〟の実例は有名だが、この実験はその逆を試してみたら、という発想である。

一九二〇年にインドで発見された二人の狼少女は、全く獣そのままに育っており、四つ足で歩き、皿の食物に直接口でかぶりつき、しかも夜中には三度、きまって遠吠えまでしたという。

つまり行動様式から鳴き声まで、この少女は狼になりきっていたわけである。

では、チンパンジーも人間と同じように育ててやれば、やはり人間に近い成長を示すのではないか。

これが先に挙げた一九三〇年のケロッグ博士の実験であり、その後も同様な試みは幾度か行なわれた。

その結果分かったことは、確かに満三歳位まで、チンパンジーは人間と何ら変わらない知能の発達を示す、という事実だった。しかも、当然のことながら、運動能力では人間の子供を大きく上まわった。

つまり、チンパンジーの知能の高さは充分に証明されたわけだが、ひとつだけ、チンパンジーが人間の子供に全く及ばない能力があった。

それが、言葉だった。

普通、幼児も三歳になれば、かなり複雑な会話をこなせるようになるものだ。しかし、それらチンパンジーは、どう教えこんでみても、ママ、パパ、カップなどの単純な数語以外、理解はできても話そうとしなかったのである。

もともと、これら大型猿類の声帯は人間と根本的に構造が違う。つまり、チンパンジーはどう訓練してみても、人間のように〝話す〟ことは不可能だったのである。

ここで、チンパンジーと人間が会話を交す、という可能性は、僕とミリイの場合と同じく消え去ってしまったかに見えた。

それに突破口を開いたのが、ネヴァダ大学の研究者ガードナー夫妻だった。

猿類とのコミュニケーションを図るにあたって、音声が全く頼りにならないことを知っていたガードナー夫妻は、チンパンジーが非常に巧みに身ぶり手ぶりで感情を表現する能力に注目した。

いわゆる、〝猿真似〟の能力である。

音声ではなく、この手や指をコミュニケーションの手段に使えるのではないか？――そう、ガードナー夫妻は考えたのである。

手や指を使う言語、即ち、言葉の不自由な人々のために考えられた〝手話〟が、この研究のために応用された。

そして、手話による言語学習を授けられた第一号のチンパンジーの名が、ワショーだったのである。

この研究は、とにかく大成功だった。ワショーは、たちまち百近い単語を完全に覚え、そればかりか個々の単語を組み立てて構文をつくる所まで進歩した。

それればかりか、相手の人間が手話に不慣れだと見てとると、わざと相手に分かりやすくゆっくりと手や指を動かしたり、新しい単語をその人間に教えようとする心配りまで見せるようになったという。

つまり、人類はここで初めて、人間以外の生物と共通の言語で会話する手段を発見したことになる。

（素晴らしい……素晴らしい……）

僕はむやみに興奮していた。僕が半ばファンタスティックな試みとして考えていたミリイとのコミュニケーション計画を、対象が猫とチンパンジーという違いはあるにせよ、すでに成功させている人人がいたのである。

（これだ！　これこそ僕の求めていた発想法だ！）

僕はミリイに夕食を用意するのを忘れて、それらの文献を読み進んでいった。

チンパンジーと〝会話〟しようという実験は、この手話によるものだけではなかった。

同じ時期、カリフォルニア大学では図形によってチンパンジーに言語を教える研究も進められ、これも大きな成果を上げているらしい。

ワショーが手話なら、こちらは筆談というわけだ。

音声というハンディキャップが、さまざまな方法で乗り越えられ、現実に猿と人間の対話が、日々深まっている、という報告は僕を力づけた。

(ようし……僕だって、何とかミリイとのコミュニケーションの手段を見つけてやるぞ)僕は本を閉じ、足元のミリイを見下ろした。

「おい、ミリイ! おまえは一体、どこで喋ってくれるんだい?」僕はミリイに呼びかけた。

食事の用意をしてくれないばかりか、全く遊んでもくれない僕に、ミリイはひどく腹を立てている様子だった。

ミリイは目を上げようともせず、精一杯の怒りで尻尾を左右に打ち振っている。耳はペタリと頭に伏せたままだ。

「分かったよ、分かった。そんなに怒るなよ。今すぐ、食事をつくってやるから」

そう言いながらミリイを抱き上げようと手をのばした僕は、ふと、彼女の不機嫌そのものの尻尾の動きに目を吸いよせられた。

(こ、これだ! 尻尾だ!)

チンパンジーには器用に動く手と指があったから〝手話〟が可能となったのだ。しかし、猫に同じ方法は考えられない。となれば……。

……………

………

猫という動物は、もともと非常に表情豊かな種族とされている。

ドイツの比較行動学者パウル・ライハウゼンは、猫の表情の解析図を作った人物だが、この猫の表情というのは、顔ばかりでなく全身で表現される。

「なんだ、そんな表情なら、どんな動物にだってあるじゃないか」と考える向きもあるだろうが、これまでの研究によれば、いわゆる人間に近い感情表現としての〝表情〟は、高等猿類、それに猫と犬の一部にしか認められていないらしい。

つまり、何らかの表現手段、しかも人間にも理解し得る表情を持つものは、猿、猫、犬だけなのであり、とりあえずコミュニケーションを容易にとり得る相手というのも、この三種族以外にはない、ということになる。

しかも、そのうち、猿との〝会話〟はすでに実現しているのだ。

僕は〝猫〟に目をつけた自分の予感の正しさを再び確信した。

僕はふと思い出して、以前に読んだパトリシア・モイーズ女史の『猫と話しませんか?』をまた書棚からひっぱり出した。

猫の表現部位として〝尻尾〟を選択することが果たして正しいかどうか、彼女の見解を確かめたい、と思ったからだ。

果たして、女史は《ボディー・ランゲージ》という章で、そのことに触れていた。

〈……(ネコの)通常の意志の伝達は、すべてボディー・ランゲージによってなされます……〉ふむふむ〈まったく無教育な路地裏のどらネコでも、きわめて感受性に富んだ、洗練された語彙を持って

いて、それを主として尾や耳の微妙な使い方によって伝達します……〉

（や、やっぱりだ！）僕はさらにその章の中の《耳と尾》という項に注目した。

〈耳と尾は、ふつう連動して、非常に広範囲な感情を表現します。伝説によると、名女優サラ・ベルナールは、ある外科医に、ヒョウの尻尾を自分の背中に移植してもらえないかと頼んだそうです。尻尾がないと、感情を十二分に表現できないような気がしたからだといいます……云々〉

　これで僕の計画は、完全にひとつの方向性を得たことになる。

（なるほど、なるほど……尻尾と耳か……）僕はひそかに笑みを洩らし、ミリイを見下ろした。

　またしても無視されたこのかわいそうな猫は、すっかりふてくされて眠りこんでしまっている。

「ごめんよ、ごめんよ」そう言って、慌てて食事を用意しながらも、僕はどうやって尻尾と耳を使って猫コトバの学習をはじめるか、そればかりを考えていた。

　しかし、ここにもうひとつ問題があった。

猫が、こうした視覚による学習をうまく受け入れるだけの能力を持っているかどうか、という点である。

　だが、この僕の疑問はすぐに解決された。

　ネコの学習能力に触れて、今泉博士という動物学者が、

「見ることによってだけで、問題の性質を理解し、つぎに実際に自分でそれを解いてしまう、という能力は、きわめて高度な内容のものなのである。一〇〇万種を越える動物の中で、これを行えるのがはっきりしているのは、サル類とネコ、それにごく少数の高等哺乳類だけだと言われている」と書いている文章を発見できたからである。

今泉博士は、毎日人間によって開閉されるドアを見ている猫が、ある日突然ドアのノブにとびつき、それを自分で開けてしまう、といった実例を挙げ、猫の学習能力の高さを証明している。

（これなら、大丈夫）と僕は思った。なにしろウチのミリイは、蛍光灯まで自分で点けたり消したりしてしまう位だ。まず、普通のネコ並の学習能力はあると見ていい。

（ようし、面白いことになってきたぞ！）

僕はその夜、ひとり実験の経過レポートをメモしながら祝杯を上げた。

…………

…………

そして、まず僕が作ったのは、こんな小道具だった。

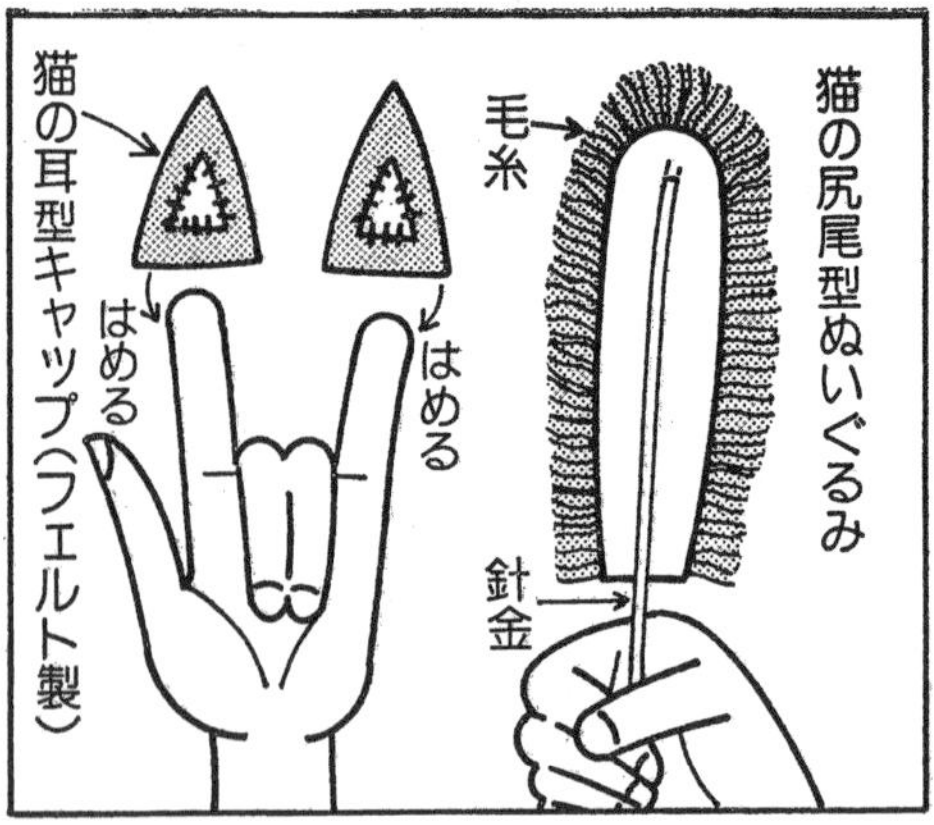

なにしろ、猫と人間は形態的にもサイズからいっても、かなり差のある生物だ。

チンパンジーと人間が手話で話し合うのと違って、僕が使いたいのは猫の耳と尻尾だから、それなりの工夫が必要だったのである。

動かそうと思えば、僕は自分の耳を動かすことができる。だが、人間の耳では、それこそ余りにも表情がない。そこで僕が作ったのは、手の指に差し込む猫の耳型キャップだった。材料は白とピンクのフェルトだ。

そして、もうひとつは尻尾。これは真ん中に針金を通し、ちょうどぬいぐるみの要領で、周囲には白い毛糸を植えつけた。

ミリイはペルシャ猫なので、尻尾はまるでタヌキ並に立派なのだ。

指の動きで操作する二枚の耳、そして針金で自在に形を変えることのできる尻尾、この三つが、僕の考案した猫コトバ発生器なのである。

そして苦難の日々が始まった。

なによりも、ミリイに僕の意図を理解させるのに骨が折れた。

人さし指と小指に猫耳型キャップをかぶせ、その後に猫尻尾型ぬいぐるみを持った僕が、しずしずとミリイに近付くと、彼女は最初それが新しいオモチャだと思ってじゃれつき、次には気味悪がって逃げまどった。

そんなトンチンカンなやりとりが数カ月続くうち、ミリイはある日突然、こちらの意図を理解した。僕が尻尾を真ん中から右に折り、両耳を伏せた状態でミリイに近付いた時、彼女は正確に自分の耳と尾でそれを真似て見せたのである。

ミリイはその日ついに、僕の持つ奇妙なシンボルが、自分の耳と尾に対応するものだということを理解してくれたのだ。

まず、最初の難関はこうして乗り越えられた。

しかし、まだ問題は山積していた。

次なる重要課題は、いかにして、この耳と尻尾の組み合わせによる新しい言語体系を創造するか、ということだった。

チンパンジーに手話を教える場合は、すでに完成されてあったアメリカン・サイン・ランゲージ、すなわちアメスランと呼ばれる記号言語をそのまま使えばよかった。

しかし、耳と尻尾の動きからなる言語体系は、少なくとも人間によっては未だ開発されておらず、僕とミリイは、この全く未知の作業に取り組まなくてはならなかったのだ。

だが、ここまで来て引き返すわけにはいかなかった。

僕はまず、尻尾の曲げ具合、そして耳の動かし具合を組み合わせて、いくつかの基本的な単語をミリイとの間で取り決めていった。

例えば、

ミルク＝両耳をピンと立て、これもピンと立てた尻尾を左右に細かく振る。

メシ＝尻尾を後方四十五度ほどに倒し、左右に細かく振る。

遊び道具（銀玉など）＝両耳を一度前に伏せ、一瞬間《ま》を置いてから上げ下げする。

遊び道具（ヒモ類）＝右の動作に加え、立てた尻尾を大きく左右に振る。

さらに、

私（自分）＝尻尾を前傾させ、耳を左右に開く。

あなた（相手）＝尻尾を前傾させ、耳を中央に寄せる。

はい（YES）＝地面にたらした尻尾を右から左へゆっくりとひと振りする。

いいえ（NO）＝耳をぴたりと後ろに伏せ、地面にたらした尻尾を小刻みに振る。

などという合図も、次第に僕とミリイの間で定着していった。

これらの言語体系を創るにあたって、僕はなるべく猫本来の動作、反応をとり入れるように努めたので、ミリイの語彙の増加は思った以上に早かった。チンパンジーのワショーは、訓練開始から三十四個のサインを習得するまで二年弱を要したが、ミリイはほぼ同数のサインを五ヵ月で覚えたのだから、考えてみれば驚異的な学習効率の高さと言えた。

単語の数がある程度まで達すると、僕は今度は二つ以上の言葉を組み合わせて、構文を作らせる訓練に移行した。

即ち、**「ミルクが、欲しい」**＝両耳をピンと立て、これもピンと立てた尻尾を左右に細かく振り、ついで、尻尾を後方にたらし、大きく左右に振る。

あるいは、**「この遊び道具（銀玉）には、あきた」**＝両耳を一度伏せ、それから上げ下げし、ついで耳を後ろに伏せて、地面にたらした尻尾を小刻みに振る。エトセトラ、エトセトラ。

こうしたやりとりを続けるうち、ミリイは自分なりにこの言語を工夫し、省略できる部分は省略し、より精密化したい言葉は複雑に分化させようとするような努力を見せ始めた。

それは、まさに目を見張る日々だったが、そうした高度に知性的な彼女の態度は、年が変わり、二度目の発情期の訪れとともに、あっさり影をひそめてしまった。

もちろん、食事を要求する時など、彼女はこの習い覚えたサインを使いはするのだが、それもイヤイヤ、面倒くさそうにするようになり、そわそわと落ち着きのない季節にすっかり気を奪われているようだった。

僕は、このミリイの変貌に少なからず落胆した。

（だが、仕方がない……彼女も年頃なんだから）と娘を嫁に出す父親のような気分で思い直し、同じペルシャ猫を飼っている友人たちに声をかけ、彼女のお婿さん探しを始めたのである。

…………

…………

運良くミリイと年回りの近いペルシャ猫の雄が見つかり、お見合い、ハネムーンとつつがなく進んだ。ミリイは二ヵ月間の妊娠期間を経て、四匹の子猫を無事に生み落とした。

さて、生後三週間余りが過ぎ、そろそろ子猫たちが巣を離れて遊びはじめる頃になって、僕は信じがたい光景を目撃して狂喜した。

なんと、ミリイが、子猫たちに、両耳と尻尾を使う言語を伝授しようとしていたのである。

(やった！　すごいぞ！)

僕は物陰に身を隠したまま、必死で叫び出しそうになる自分を抑え、その光景にいつまでも見入った。

しかし、これは予想してもいい事態だった。

実際、手話を覚えたチンパンジーが、その連れあいに自ら手話を教え、さらに二匹の間にできた子供にもそれを伝えようとしている事実が、アメリカなどの研究所から数多く報告されていた。

そのことは僕も知っていた。それに、とかくこうして言語を学習した個体は、誰か他の個体にそれを伝えたくなるものらしく、初めて手話を習得したチンパンジーであるワショーも、得意気に犬や猫、小鳥にまで手話で話しかけては、相手がそれを理解しないと分かると、今度はなんとか教えこもうと、迷惑して逃げまわる生き物を追い回したと言われている。

そんな実例がいくらでもあるのだから、ミリイが自分の子供たちに習い覚えた〝言語〟を伝授しようとしても、何の不思議もないはずだった。

しかし、僕にとっては、やはりそれは感動的な光景だった。

自分が考え出し、ミリイといっしょに完成しようとした猫＝人間コトバが、こうやって次の世代にまで伝わってゆく……考えただけでも、胸が高鳴った。

猫と人間の会話のために創られた言語体系が、さらに猫と猫のコミュニケーション・システムにまで拡がってゆくのだ。

僕は幸せだった。ＭＡＮとＣＡＴのための言語体系……それを僕はＭＡＴランゲージと名付けるつもりでいたが、こうなれば堂々と〝猫語〟を名乗ってもおかしくはない。

僕の空想、夢想はまた拡がっていった。

さらに数カ月が過ぎた。

ミリイの四匹の子猫たちは、一匹、また一匹と希望者に引きとられてゆき、出産騒ぎ以来にぎやかだった我が家も、ようやく落ち着きがよみがえってきた。

僕は、ＭＡＴをさらに完成させるため、再び独りものとなったミリイを相手に、その訓練を再開していた。

「ミリイ、今日は何が食べたい？」

左手で二つの猫耳キャップ、右手で毛糸の猫型尻尾を操りながら、僕はミリイに訊く。

「ミミーの猫カン、あきた。コンビーフ、食べたい。そのあと、プリン。ミリイ（私）、プリン、大好き」

大好き、を強調して、ミリイは大げさに尻尾を左右に打ち振る。

「分かったよ、ミリイ。プリンにコンビーフだね？」

「そう」

ミリイは地面にたらした立派なその尻尾をゆっくりとひと振りした。そして、ちょっと考え込むように首をかしげてから、またMATによる会話をはじめる。

「ミリイ（私）の子供たち、どうしているか？　知ってるか？」

「ん？　ああ、知ってる。みんな元気だ」

僕は思わず声に出して答えながら、慌てて手に持っている小道具で、それをMATに翻訳した。

「会ってみる、いいか？」

ミリイがひどく懐しいものを見る目つきでそう言った。両方の耳が、問いかけの形に二度、三度と振られる。

「いいだろう。今度、ミリイを連れて、遊びにいこう」と、僕。

ミリイは、人間がうなずくのに相当する仕草を尻尾で幾度も繰り返した。

ミリイにそう言われて、僕は、ミリイの子猫の一匹をもらってくれた木下という友人から、昨夜かかってきた電話を思い出していた。

「おい、お前の家からもらったあのペルシャ猫なあ……」

「うん、どうかしたか？」

「いや、とても元気にはしてるんだけどさァ、何て言うか、あの猫、かなり変わってるなあ」

「へえ、そうかい？」

「ああ、実は女房が昨日台所でね、何かゴソゴソ妙な音がするってんで見に行ったんだ。そしたら、あの猫がね、女房が言うには、ネズミと立ち話をしてたってんだよ、ワハハハハハ」

「ええっ?!　ネズミと立ち話?」

「そうなんだ、おかしいだろう。ハッハッハ。なにしろ、あの通りの女房だから、すぐそんな言い方をするんだけどもね、とにかくネズミと鼻つきあわせて、さかんに耳や尻尾をぴくぴく、ぱたぱたやってたらしい」

「……」

「この頃の猫はネズミを捕らないっていうけど、立ち話をされちゃあ、困っちゃうよなあ。そうだろう?　なあ」

木下はまたゲラゲラとひとしきり猫のおかしな点を数えあげ、そのうちまた飲みに来いよ、と言って電話を切ったのだった。

僕は複雑な気分にさせられた。

それはきっと、子猫がミリイから伝授されたMAT言語を、ネズミに対して試している光景に違いない、と見当はついたけれども、それを口にするのはやめにした。

僕はこのMAT言語の実験について、すでに親しい数人の友人や、日本哺乳動物学会の知り合いなどには報告していたが、ミリイがもう少し自由に、せめてチンパンジーのワショーの半分位まで、喋れるようになるまで一般には公開しないつもりでいた。

それでなくとも、空想的な小説の分野で仕事をしている僕のような人間は、こういうことに慎重でなくてはならなかったのだ。

だから、木下もその子猫が普通の子猫とどこがどう変わっているのか、本当には知らなかったのである。

（いつかこのことが公《おおやけ》になる日が来たら、木下たち、子猫をもらっていった奴等はビックリするだろうなあ……）

僕はミリイの頭をなぜながら、その情景を想像してひとり笑みをもらすのだった。

…………

ところが、その秋流行った風邪のために、ミリイは呆気《あっけ》なくこの世を去ってしまった。

泣くに泣けない、とはこんな時のためにある言葉に違いない。

僕は一週間、ただ茫然として過ごした。ＭＡＴ言語の唯一の生きた証明が、余りにも簡単に、しかも永遠に喪《うしな》われてしまったくやしさも勿論《もちろん》だが、それ以上に、とりあえず最も身近な最愛の生き物を喪った悲しみの方がより大きかった。

いなくなってみて、僕は、人間の誰よりもミリイのことを好きだったのだと、はっきり思い知らされていた。

（だから、だからこそ、僕はミリイと何とかして会話を交したかったんだ……同じ言葉で、お喋りがしたかったんだ……）

狭い僕の住まいが、にもかかわらず、ガランと空虚に感じられた。

僕は今にもミリイが帰って来るような女々しい錯覚にとらわれて、何気なく部屋の窓を左右に開けた。

そして、街路をぼんやりと見下ろした。

（あっ!!）

僕の心臓が跳ね上った。

（ミ、ミリイ！）

窓の向かい側の電信柱の陰から、ミリイそっくりの白いペルシャ猫がふらりと姿を現わしたのを見て、僕は思わず叫び声を上げそうになった。

そしてそのまま窓から飛び出しそうになり、かろうじて理性で踏みとどまった。

（い、いや、そんなはずはない。あれはミリイじゃない。ミリイは確かに死んだんだ、あれは別な家の猫なんだ）

息を整えながら、その猫をもう一度見直す。すると、やはりミリイではないことが僕の混乱した頭脳にも分かってきた。

その猫はミリイよりもひと回り小さい。それに純白に近かったミリイと違って、背中に淡いグレーのシマが入っているようだ。

だが、しばらくする内に、近くの垣根の下から、また一匹、同じようなペルシャ猫が現われたではないか。

（あっ！　ひょっとすると……）僕は突然気がついた。（あいつら、ミリイの子供たちじゃないだろうか……）

母親の死を何らかの第六感で探りあて、生家へもどってくる猫の子供たち……まるで戦前の道徳の物語にでもありそうな場面だが、さらに見るうちに、そればかりではないことが分かってきた。

さらに数を増す猫たちの中には明らかにミリイとの血縁はない三毛猫や黒猫も混じっていたからだ。

だがともかくも、そうして窓外に集まってきた猫たちは、互いに耳や尻尾を打ち振り、何事かやりとりをはじめている。それは、まぎれもなくＭＡＴランゲージによる会話を思わせた。

（……とすると、ミリイが死んでも、ＭＡＴだけは次代へ、そしてその仲間たちへと引き継がれていたということか……）

僕は、首を左右に振った。

信じがたい光景は、なおも続いている。今や、猫ばかりでなく、大型のコリー犬に引きつれられた数頭の犬たちまで、その街頭集会に加わってきたのである。

何が何だか分からず、僕は窓の後に隠れるようにしてその場面を見守り続けた。

その犬、猫たちは、しばしば振り向いては、僕の、つまりミリイのものだった住居を悲し気に見上げている。

彼等の様子、そして集会の中心がどうやらミリイの子猫たちであるらしいことから、その目的がミリイの追悼にあることは察せられた。

彼等は今も盛んに、耳や尻尾をいそがしく動かして、何事かお喋りを続けている。

僕は何とかして、その意味を読みとろうとするのだが、彼等の使っている言語は、僕とミリイが創り上げたＭＡＴ言語から相当に変型しているらしく、一部の単語がようやく推定できる程度にしか分からない。

すでに何代、何十四もの実用を経て、今、ＭＡＴはより現実的な言語へと激しく変貌している最中なのであろう。

（それでもいい……とにかく、僕とミリイは、この町内の動物たちに、言語という財産を残したんだから……）

ミリイを喪った悲しみに、常識的な日常感覚を一時麻痺させられていた僕は、そんな半ば妄想に近い感慨を本気で抱きながら、この何とも異常極まりない光景を、ただじっと飽かずに眺めていたのだった。

…………

…………

都市の動物たちの間に、何か言語に似たコミュニケーションの手段がはびこりはじめているらしい、と一部の住民やマスコミが騒ぎ出したのは、それから四カ月ほど経ってからだった。

毎日きまった時間に、近所の猫が集って井戸端会議をしている、だの、犬とネズミが何事か立ち話をしており、それをやめさせようとした飼い主が犬にかみつかれた、などという落語のような事件がひとしきり報道され、初めは全く信じようとしなかった人々も、何か普通ではないおかしな事態が、この都市で起こり始めているらしい、という予感だけはひしひしと感じるようになっていた。

最後まで異常を認めようとしなかった学者連中も、余りに数多く報告される奇妙な事例を無視しかねて、ついに調査を開始したらしかった。

しかしその時になっても、一体何が起こりつつあるのか、正確に言いあてられる人間はひとりもいなかった。

こうした事態の恐らくは引金を引いたにちがいないこの僕にしたところで、この無気味な動物たちの動向を理解することはできなかったのだ。

僕は不安を感じ、ＭＡＴの実験に関する全てのメモ、レポート、記録を焼きすてた。

そんな事で心のざわめきが消えるわけでもなかったけれど、しかしともかく僕は、今のところ事件の外側にいたかったのだ。それでなくともミリイを喪った事が、未だに僕の心に傷口を開いていた。これ以上の面倒はごめんだった。

そして、僕は、事態を全く傍観者的に眺めている大多数の人々と同じく、この都市の動物たちの不穏な動きが遠からず収まってしまうと信じていた。

自分で創り出したＭＡＴ言語の魔力に、僕は全く気付いていなかったのである。

そして、ある日のことである。

僕は憂鬱をまぎらわそうと、久しぶりの散歩に出た。

静かな住宅街を選んで、ゆっくりと歩くうちに、僕はふと、道端にＢ４大の紙切れが落ちているのを見つけた。

あたりは手入れの行き届いた閑静な家並である。雰囲気に似合わぬこの紙クズをひろって、どこかへ棄ててやろう、と僕はめずらしく公徳心を発揮して、その紙片に手をのばした。

それは案の定、新聞の折り込みチラシらしかった。

手の中で丸めて、ポケットに突っ込もうとした僕は、そのザラ紙のチラシの裏側に、何かがびっしり書き込まれているのを発見して手をとめた。

立ちどまり、僕はその紙切れを今度は慎重に拡げてみた。

確かに、何かが、ぎっしりと書き込まれていた。しかし、それは、どう見ても日本語ではなかった。

(古代の象形文字かしらん?……それとも、ただのイタズラ書きかな?)

僕はしばらくそれに見入った。そして突然、その正体に気付いた。

(こ、これはＭＡＴじゃないか！　いったい、誰が……いや、これは僕の作ったＭＡＴじゃない！

もっと複雑なＭＡＴだ！）

その紙片の書き出しはこうだった。

僕は尻尾と耳の組み合わせから発展したと思えるその象形文字の連なりをじっと見つめた。

それはＭＡＴの原型からは著しく変化していたが、にもかかわらず創始者である僕にはぼんやりとその意味が分かった。

そこには明瞭に文法らしいものが見てとれた。しかし、それは人間の文法からは遠く隔った構造を持っているらしかった。僕はその文章の背後から、いかにも猫らしい猫だったミリイの顔が浮かび上ってくるような気がして、一瞬微笑ましい思いにひたった。

しかし、次の瞬間、僕の頬はひきつった。

猫や犬たち、この街の動物が、すでに文字言語まで獲得しはじめている、という驚異以上に、その文書のおぼろ気に分かる内容が僕の全身を冷汗まみれにしてしまったのである。僕は両手がぶるぶる震えはじめるのもかまわず、その文書を読み続けた。

それは、次の様な結語とサインで終っていた。

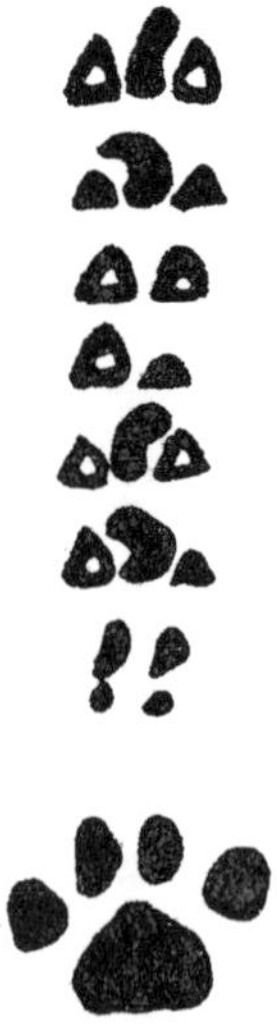

僕はそのサインの主が、ミリイの子供たちのひとりであることを疑わなかった。
彼等は怒っていた。彼等にとって、ますます住みづらくなるこの街の環境を呪っていた。
そして彼等は今や、この街を、人間の街から、動物たちの街につくり変えようと決定していたのである。

猫の皿

＊古今亭志ん生

えー、昔はってえと、武士というものは、腰の物というのが一番の自慢でありまして、こいつにはずいぶんと、金をかけたもので……。

山本「おう、近藤氏《うじ》、拙者このほど新刀をもとめたによって、どこぞで試《ため》し斬りを致したい。なにかいいものは、ござらぬかのォ」

近藤「さればじゃ、あの大橋のわきに、いつも、乞食が寝ておる。あの乞食を斬ってみたらどうじゃ」

山本「ウン、なるほど……。では、早速、今夜、斬って参ろう」

　てんで、その晩、橋ッところへ行きましてな、薦《こも》ォかぶって寝ている乞食を、薦の上からスパッ！

近藤「山本氏、いかがでござった？」

山本「ウン、見事な手ごたえじゃ」

近藤「さようか、では身共《みども》も、もとめた一刀の、斬れ味を試してみよう」

　てんで、こいつがまた橋ッとこへ行って、寝てる乞食を、スパッ！

　この話を聞いて、もう一人の侍がナ、

侍「よし、ならば、拙者もひとつ……」

　てえんで、橋ッとこへ来て、同じようにスパッ！　すると、寝ていた乞食が薦《こも》ォまくって、乞食「おう、痛《いて》えじゃァねえか。毎晩来てひっぱたくのは、おめえかッ」

こういう腰の物じゃァ、あんまり自慢にゃなりませんが……。

えー、その時分には、田舎から出てくる武士はてえと、江戸の武士とは、どっか違うんですな。田舎のは、こういうふうになって（と、そっくり返るようにして、大手を振って）歩いてますな。とにかくこう、刀の柄頭《つかがしら》を下げちゃって、刀の鐺《こじり》がネ、こんなに上がっちゃってな、天神《てんじん》さまの刀みたいになっているからすぐわかる。

そこへいくと、江戸の武士てえものは、柄頭を上に上げて、こういうふうに（肩をいからせるが、静かに）歩いているから、わからないというくらい……。

だから鞘当《さやあ》て（途上などで、行き合って互いに鐺の当たったのをとがめだてする）ということを、江戸の武士同士はあまりやらない。武士というものは、鞘当てをしては、もう言いわけのしようがない。もうダメなんです。

鞘がカチンと当たった以上は、斬られたってしようがない。だから、むこうの鞘がパッと来たら、両方がとぶそうですな。そうして、すぐ果たし合いになる。

それが、だんだんだんだんと、徳川の末になって参りますってえと、そういうことが少なくなって参りまして、

町人甲「ヤボだよ、刀なんぞ持って歩いてンのは」

なんてなことォいって……。

町人乙「あの人ァなンだよ。え、武士でいながら、三味線を弾くぜ」

甲「ウン、いい声だね」

乙「あー、粋《いき》なもンだ。お侍てえもなァ、そうこなくっちゃァいけねえよ」

なんて、そっちのほうでほめられる。

先祖伝来の名刀を売り払って、その金でもって、茶器ィ求める。むこうでは茶の湯の会がある。こっちでは美術の会があるてんで、そういうものがだんだんと流行《はや》って参ります。蒔絵《まきえ》は、誰の蒔絵でなくっちゃいけないとか、茶器は、どういう焼きがいいとか、そういうことになってくると、そいつを売り買いする人が出る。安く買っては、高く売る。そのうちに、持ってる人が手離さなくなってくる。いいものがなくなってくるってンで、だんだんと、地方のほうを、こう歩いて、そういうものを捜して歩く人が出てくるって寸法ですな……。これを果師《はたし》という。

ごく田舎の、モノのよくわからないようなとこィ入ってって、

果師「あー、ここに鎧《よろい》がありますな。あー、昔からあるんですか、お宅に……へえー？　これどうするんです？　こんな重たいもの、今どき着られやァしませんよ。こんなもの着た日にゃァ、腹ァ減ってしようがない。いえ、ほんと……。どうせ、邪魔っけなんでしょ。なんなら、あたしが、いただきましょうか」

てなことォいって、安く買って来る。これが値よく売れるんですからこたえられない。

果「おや、兜《かぶと》ですな。今どき兜なんぞかぶってると、頭痛くなっちゃうでしょう。頭痛持ちになる。よろしかったら値よく買ったげますよ」

なんてなことをいって買って来て、調べてみるってえと、これが明珍《みょうちん》（鎌倉時代から江戸時代にかけての甲冑師《かっちゅうし》の家名）の作であって、何に使うかてえと、さかさまにして花活《はないけ》にする……。

「ウン、こりゃァ、結構な花活で……」

てんで、大層もうかる。

今だって、茶碗一つだって、すこうしいいので、時代ものだてえと、安くないですからナ。こないだ、美術倶楽部に出ていたんで、一つ三百万円てえのがあった。あたしも茶碗になりてえくらいのものでございまして……。

えー、そういうようなわけで、この果師が、三度笠に、足ごしらえも厳重にし、ほうぼうを回って歩いている。そうそういつもいいものはない。たまには骨折り損のくたびれもうけで、河童の川流れ、百足《むかで》もころぶてえくらいのもので、いいことばかりではない。

今日も、もうしようがないから帰ろうと、川岸の手前までやって参りますと、まだ日が落ちるにはちょっと早い。

向こうを見るってえと、葦簾《よしず》ッぱりの茶店がございまして、よく芝居なンぞで見るような、茶店でな、縁台が二つ、こう並んでいる。

えー、市松《いちまつ》（模様）の莚《ござ》が、こう敷《ひ》いてございまして、釣瓶《つるべ》型の煙草盆が、そこに置いてある。奥ではへっついの下を、爺さんが、火吹き竹で、一生懸命吹いている。

果「おう、ちょいと休ませてもらうよ。あー、いいよ、茶なンぞ……、あとでいいよ、ウン。あんまりくたびれたからネ、ここで休んでいこうと思ってな、いいんだよ、かまわなくって……。なァに、大丈夫《でえじょうぶ》だよ、宿《しゅく》に入《へえ》ってしまやァ、なンでもありゃァしねえ。

あーア、いいねえ、のんびりしていてね、のどかというのは、こういう日のことだな、ウン。山も笑うてえなァ、今日みてえなことをいうんだな。

（ひとりごとで）フーッ、あー、おどろいたね、どこへ行っても、田舎もンのほうが知ってるくらいだ、もう……。

（まんじゅうを頬ばりながら）お爺さん、このながめはなにかい、始終《しじゅう》こんなにきれいなのかい？え、あー、そうかい、そうだろうねえ……。下が銀砂《ぎんすな》じゃァねえかねえ、どうも、いい水だね。え、江戸じゃァ、こんな水は飲み水だよ、ほんとだよ。

あー、いいねえ、あー、メダカが鼻ァ揃えやがって、ツウーッと泳いでやがる。のんきだね、メダカってやつァ。俺もメダカになりてえくらいのもンだ。おッ、蛙《かえろ》が出て来て、メダカを追っかけてやがら……、わるいカエロだね、ありゃァ……」

と、こう、果師がひょいと見るってえと、そこに皿が置いてございまして、これが、〝高麗《こうらい》の梅《うめ》鉢《ばち》〟という、実にどうもすごいようないい皿であります。まず、いくら江戸の物持ちでも、こういう皿が揃ってる家はないというくらい……。一枚離したって、三百両なら羽《はね》が生えてとぶように売れるという皿でございますから、なんでこんなところに、こんないい皿があるんだろうと、わかンなくなってきた。

果「ウン、いい皿だ。あれ、何でえ、皿にめしつぶがついてら、と思ったら、あそこで、猫があくびしてやがらァ……。ウン、あの猫に、この皿で、めしィ喰わしていたんだな。へえー、知らねえんだな、あの爺ィ……。ようし、なんとかしてふんだくってやろう……。

（爺さんに）おう、いいんだ、いいンだってことよ。おらァゆっくり、こうして休んでるだけなんだから……」

茶店の爺「え、まだ、ぬるいかも知れませんけど……」

果「うわーッ、ありがとうよ、すまねえなァ……。ふッ、フーッ、あんまり熱いやつはいけねえんだ。

茶の熱いやつは、癇癪《かんしゃく》にさわるってね、え、あー、早く飲もぅと思ぅと、これがなかなか飲めないしね。（吹いて、すすって）あ、あ、あー、あの松ァ、いい松だね。え、ウン、いい松だ、よほど古いンだろうねえ？　何百年ぐらいたっているんだろうな？　松は男の立ち姿ってね、松ってやつァ気持ちのいいもんだねえ、お爺さん……。

（猫を抱いて）え、あー、チョイチョイ……、ぅー、おッ、よしよし……。あー、よしよし……」

爺「あ、あのォ、お客さま、その猫、ダメですよ。そいつはいけないんですよ」

果「いいよ、いけなくたっていいんだよ。俺が好きなんだから、猫はな……。フフフッ……、いいよ、いいよ」

爺「えー、しっぽばかり長くってね」

果「しっぽなんて長くったって、いいじゃァねえか。しっぽで、人ののどォ締めるわけじゃねンだから……。

（猫に）なー、なにいってンだといってやれ。長くてわるいかって、いってやれィ。へへへ……、なー、ゴロゴロゴロゴロゴロいってやがる。可愛いもンだね、どうも……。え、おまえ、鼻がつめたいぞ、フフン、なァ、アハハ……、え、おらァ好きなンだからしようがないよ、猫が……。ウン。ふところへ入《へえ》るのか、さァ入《へえ》ンな。入ンな入ンな、入ンな入ンな……」

爺「そいつ、およしなさい、毛が抜けます……」

果「いいンだいいンだよ、おらァ好きなんだから、いいんだよ。だまっててくんねえよ。ウー、なァ、ウフ……、どうでえ、俺の顔、不思議そうな顔して、見ているよ。

（猫をあやしながら）ぅー、あー、よしよし。なァ、俺ッとこにも猫がいたんだけどもね、どっか行っちめやァがった。ウン、うちのかかアがね、おまえさん、どっか行って、猫一匹もらって来てくれっていうけど、なかなかいねンだよ、ウン。

で、どうだい、この猫ォ、俺にくンねえかい」

爺「エヘヘ、どうも、いけないんですよ」

果「いいじゃねえかい。え、まだほかにいるんだろ？」

爺「えー、そりゃァ、猫はいますんで。えー、婆《ばば》ァにさきィ逝《い》かれちゃって、さみしくってしょうがないンで、猫をネ、エエ、飼っときまして、その猫がともだちを連れて来るんで、エ、そのともだちィ連れて来た猫が、また、こうネ、だんだんだんだんふえちゃいましてナ、今はもう、家ン中ァ十七、八匹おりましてな。いいえ、毎晩、へえ、連れて帰るんですよ、へえ……。ほかの猫連れて来るときが大変なんですよ、片っぽの猫は、うらめしそうな顔ォしながら、えへへ……、そうなんですよ。可愛いもンで、へえ……」

果「そんなにいるんだから、いいじゃァねえか、え、一匹くれたってよォ。え、ただ貰《もら》おうてンじゃない。ね、猫はただ貰うもんじゃねえっていうからな。鰹節《かつぶし》代置こう、ねッ、おう、小判三枚《さんめい》で、これ、売っとくれ」

爺「そんなに、あァたァ……」

果「いいんだよ、いいンだよ、気にいるから、買うんだからな。

(猫に)なァ、ウン、いいよ、いいよ。な、いいかい、ほいじゃ、まァこれから、宿へ着いてナ、なんか喰わしてやるからな。うめえものォ喰わしてやろう。

ウン、じゃァ、これで行こう。なァ、宿がもう直《じき》だからな」

爺「どうも、小僧のやつァ、幸せなやつでございますな。へえ、どうか、ウンと可愛がってあげてくださいよ」

果「あー、可愛がるともさ、大丈夫だよ。子供もいねえしな、ウン。

（はじめて気がついたふりで）……この皿で、猫に、めしィ喰わせていたンかい？」

爺「へえへえ、そうなんで……」

果「あー、そうかい。猫ってやつァ、喰いつけねえもンだと、喰わねえってえからな、ウン。この皿ァ持ってって、これで何か食べさしてやろう、ね」

爺「おーッと……、へヘッ、へえ、そのォ、こっちィ、お椀《わん》がありますよ。お椀でも食べますよ」

果「いやァ、そうでねえンだよ、やっぱし、食べつけているもんで、食べさしてやったっていいじゃないか。いいよ、そんなの、いいよ、こっちで……」

爺「いえ、それは、そのォ、よしてください。その皿は、へえ、そんな皿ですけどもね、え、お客さまはどうですか知りませんけども、それェ、高麗の梅鉢といって、まァ、なかなか手に入らない皿でございましてナ、へえ、こんなに零落《れいらく》しちゃっていますが、その皿だけは離さないんでございますよ。ええ、家に置くと物騒《ぶっそう》ですからね、そうやって持って来てあるんですよ、ここィ、へい……。

その皿は勘弁《かんべん》してください。それは、もうだまってたって、二百両や三百両なら、買い手はあるんですよ」

果「そうかい？　ウーン、そうかなァ、そんな高《たけ》ェ皿かい？

（ひとりごとで）この爺ィ、知ってやがる、本当《ふんとう》にィ……。

ほんとうかい？　そんなこたァねえだろう？」

爺「いえ、本当なんでございますよ。ですから、お椀はさしあげますから、どうぞひとつ、こいつを可愛がってやっておくんなさい」

果「う、なに、コレかい？　あー、わかったよ、可愛がってやるよ。

（猫に）ゴロゴロゴロゴロいってやがる。ゴロゴロゴロ……、うーん、いつまでいってやがンでえ。うるせえな、この野郎ァ、ウン、ハッハッハ……、どうも。あーッいけねえ、小便《しょんべん》だ。小便したよ！　おい、この野郎ッ！　（ポカンとなぐる）痛《いて》えッ、あッ、ひッかきゃァがったぜ、おォ、痛えッ！　ちくしょうめ、しょうがねえなア、本当にィ……。あらッ、笑ってやがる。

おう、爺さん、どうでもいいけどな、え、じゃァなんだって、そんな結構なもんで、猫にめしォ喰わせるんだい？」

爺「へえ、お客さまァ、これでおマンま食べさせますとね、ときどき、猫が、へえ、三両に売れますんで……」

猫の殺人 ＊ 吉行理恵

一

私はか細い声に呼ばれた。

「あの、すみませんが……」

黒いセーター、黒のロングスカート、レースの黒い手袋姿の、皺《しわ》だらけの痩《や》せた老婆がおどおどした目で見ている。

「わたし、今、あの郵便箱に葉書を入れたんです、書き忘れた事があるので、ちょっと取って下さい」

郵便局の建物の中に、都内、地方などと表示した孔があって、郵便物を入れると、局員が働いている場所に置いた箱に落ちてくるようになっている。なぜ、その箱に一番近い丸井めぐみに頼まなかったのだろうか。

「その、一番上のです」

老婆が指している葉書を拾おうとすると、めぐみがよく響く大きな声を出す。

「そんな事をして恥ずかしくないのですか。氏名を確認して渡すのが規則です」

めぐみは続ける。

「現金書留の紛失、年賀状の遺棄などが新聞で騒がれている時だというのに、あなたのような人がいると、あらぬ疑いをかけられます」

建物の中にいる人たちの目が一斉にこちらに向いている。老婆は、怖そうに立竦《たちすく》んでいる。私は老婆に訊《き》く。

「お名前を」

「Gです」

ますますか細い声を出す。——聞いたことのある名前だ、と私は思った。

そのあとめぐみは私につんつんし通しだったが、勤めが終わると、けろりとして私を喫茶店に誘う。近くの美容院のガラス戸越しに外をみていた美容師たちがニヤニヤして声をかけてくる。

「年は同じでも随分足の太さがちがうわね」

「彼女、栄養失調なのよ」

と、めぐみが言う。私は自分は普通でめぐみが特別太いと思う。私もめぐみも三十二歳のハイミス。後ろから、若い細沼絹夫が追いかけてくる。女子局員はめぐみにいびられ、次々とやめていったが、めぐみは男子局員には優しく、特に細沼を気に入っており、細沼のお茶代を自分か私が払うようにする。

珈琲《コーヒー》を飲みながら、めぐみと細沼は上役をけなしている。私は今日郵便局に来た老婆が新聞に出ていた女流詩人と同じ名前だと気付く。これから酒を飲みにゆくめぐみ、まだこの店にいると言う細沼と別れ、私は郵便局に近いアパートの部屋に戻り、古新聞の切り抜きを見ると、二十歳前後と思われるあどけないしもぶくれのGの写真が出ているが、六十九歳と書いてある。写真のGが若くて死んだ母と似ているので、とっておいたのだ。老婆の顔から皺を除き、華《はなや》かさを加えれば、この写真に似てくるような気がする。Gの処女詩集『真っ白い紙の上に　紅い花を吐き続け　一晩で老いてしまった猫』がJ賞を受賞したと書いてある。新聞に載っている住所をみたら、近くに棲《す》んでいるらしい。その時、電話が鳴り、細沼の弱々しい声が聴こえてくる。

「会ってもらえません」

「さっき別れたばかりでしょう」

「喫茶店で、変な顔して僕を見ましたね、僕、なにかよくない事をしたんですね、謝りたいから出てきて下さいよ」

「え……、わたし、そんな顔したかしら」

「言ってもらわないと、僕、明日会った時、どんな顔をしたらよいか分からないですよ」

「本当になにもないわよ、また明日ね」

と電話を切る。

一時間ほど経って、スナックにいるめぐみから電話がかかってくる。

「どう、機嫌なおった。いま細沼くん来ているんだけど、あなた、ひがんでいたんですって。はっきり言ってあげたほうがいいわよ。あの人繊細だから、明日の仕事にも影響するから。差し出がましいようだけど電話したの、代わるわね」

細沼が出てくる。私は、

「本当になんでもないんです。もし、そんな目をしているんなら気をつけます」

と謝って電話を切る。めぐみと細沼にはGのことは言わないことにする。

二

休日の午後になると、私は窓硝子《まどガラス》を拭こうと思うが、景色も綺麗じゃあないから、あまりよくみえても、と今日もやめることにする。その時、扉をコツコツ叩く音がする。開けると、Gが居る。郵便局で会ってから一年くらい経ったので、ほとんどGを忘れかけていた。

「あの……、猫が迷い込んでいませんか」

「お預りしていますよ。貼《は》り紙を御覧になったんですか、すぐ連れてきます。あら、棚の上で眠っていたんですけど……」

「貼り紙を見たんじゃあないの、どんな猫ですか……」

「灰色で大きくて、すこしペルシャ猫の血が混ざっているらしいんです。そうそう、額に縦皺が寄っているんです」

「あの子かしら……。四角い顔、鼻がピンクで鼻の穴が大きいんですが……」

「どうだったかしら、そんな気もしますけど」

「うそうそ、あの子は三十一年前に死んだんだわ、ああ……。わたし、昔、チャコールグレーのさらさらした毛の雑種と暮らしていたの。別猫だわ、そうよ」

と自分に言い聞かせるように言い、

「お邪魔しました」

ゆっくり扉を閉め、すぐまたすこし開けて、

「わたしが捜しているのは、昨日まで庭に遊びにきていた素敵な黒猫なの。もしかしたら、あなたが

預かっている猫、庭に来ているかもしれないわよ。花が沢山《たくさん》咲いているから、猫が集まってくるの、猫岳を越えた貫禄のある猫、多いのよ。ちょっと来てみたら……」

「はい、そうします。あの、猫岳を越えるって……」

「阿蘇《あそ》山の猫岳に、年取った猫が修行に行って、山猫に仕込まれて戻ってくると、開けた障子を閉めておいたり、いろいろ出来るようになるんですって、つまり武者修行に出た猫のことよ……。あなたが預かっている猫、どこか工事をしているあたりから家出してきたんじゃあないかな、猫は喧《やかま》しい音を嫌うから」

坂を上り、四つ角を左に曲がり暫《しばら》く歩き、坂を下りて、また左に曲がると、丘の上に一軒、家が建っている。石段を上って歩きながら、空気がだんだん澄んでくるような気がする。意外に庭は狭いが、樹の蔭や花の間から猫が数匹こちらを見ている。家の壁には蔦《つた》が絡まっている。

「いないですね」

「現われるかもしれないわよ。家に上がってすこし待ってみたら、なにもおかまいしません」

「はい」

部屋のガラス戸越しに庭を見ながら待つ。

「蔦や樹のお蔭で家の中に塵《ちり》が入らないの、日本は空気が汚いから、いくら髪をカールしても外に出るとすぐに湿気でぺたっとなってしまうし、雲脂もちゃんと取っておいても浮かんでくるんですもの、ヤになっちゃう」

「ほんとうにそうですね」

「近所の御老人が半日花の世話をして下さるの。綺麗だよ、って話しかけているようだから、喜んで美しく咲くのね。御老人、家にお嫁さんと二人きりでいる時間が長くて窮屈だし、花が一番いいから世話代はいらないんですって。それではお好きなだけ切ってお持ち下さいと言っても取らないの。近所の料理屋なんかここのしそを盗んで使ってるのよ」

「それはひどいですね」

「この部屋で勉強するのよ。台所は無しよ、料理をつくるとゴキブリが出るから外食にしたの」

「詩集と新聞拝見しました」

「わたし、二十八歳から写真撮ったことないの。あの写真は特別良く撮れたのよ」

と得意そうに胸を張る。思わず私は微笑んでしまう。

「あの詩集に収めた詩はあの子が生きているうちに書いたものがほとんどなの……。あと二、三篇で詩集に纏《まと》めようと考えていた時にあの子に死なれて、そのあと長い長いスランプが続いているの。あの子が書かせてくれたのかと、わたしには才能がないのかと疑っちゃう……。あなた、猫好き」

と訊く。

「子供の頃、母がとても可愛がっていたんです。母が亡くなったあと猫もいなくなりました。その猫もチャコールグレーでした。大きすぎて、ちょっと怖かったんですが……、預かってみて、周囲のことを気にせず、自分勝手にふるまうので好きになりました」

「その通り。あの子、ゴミが落ちていると、イライラした表情で、爪で寄せるの。抱くと、蹴飛《けと》ばして逃げるくせに、わたしが掃除をはじめると、喜んで背中にとびつくので、掃除する時は、厚地の服を着たのよ」

Gの声はだんだん嗄《かす》れて高くなり、咽喉《のど》がグルグルとかすかに鳴る。すると、喘息《ぜんそく》用の吸入器を

「シュッ、シュッ」といわせる。

「あの子のこと考えると苦しくなるから、なるべく訊かないでね……。あなたは夜遅くまで起きているの」

「いいえ、本が好きなんですけど、夜更かしすると、次の日一日中頭が重くて仕事にさしつかえるんです」

「ほんとうはあなたのような人と暮すのが猫には一番幸せでしょう……。猫は睡眠時間を多くとらなければいけないのに、あの子はわたしが詩を書いているとつき合っちゃって寝不足になったの、特別神経質だから、うとうとしていても、わたしがちょっと音を立ててもすぐ目が覚めちゃうし、わたしもあの子に気をつかってくたくただった……」

　Gは小声で独り言のように言う。Gの長年着て擦り切れたようなカーディガンには、焼き物で猫の顔のボタンが付いている。

「このボタン、子供の頃にスイスで買って、最近、このカーディガンに付けたのよ。あの子が死んだあと、黒か灰色しか着たことないわ。わたし、日本人の母に似たんだけど、父はスイス人なの。赤ん坊の頃に風邪をこじらせて亡くなったんです。写真をみると、西部劇スターのクリント・イーストウッドみたいに優しそうだから、年を取るにつれて人間味のある男になったでしょう……。スイスはどこよりも空気が澄んでいるんじゃあないかしら。わたし、スイスに居た頃は、快活で太った少女だったのに、九歳で日本に来てから人間の友だちが出来なくて猫好きになったみたい、そのせいかなかなか日本語が話せるようにならなかったわ。日本人って怖いこと言うのね、『混血児は綺麗な筈《はず》なのに、ほんとうにそうなの』って疑われたのよ。まともな人からは相手にされないような男や女がわたしのことをいじめるのに格好の相手だと思うらしく、ずかずか近づいてきて、人間同士とは信じられないほど馬鹿にして、さんざん利用したばかりでなく、醜いと言って軽蔑したのよ。けど、醜いのはあっちの精神のほうで、俗っぽくて厚かましかった。今では目鼻立ちはよく覚えていないけど、真っ白い顔をし、小皺のように薄笑いを浮かべていたわ。あんな笑い方する猫は一匹もいないわ。あの子が死ぬ半月ほど前に、男が夢に出てきて、『へえ、あんた、そんなに傷ついたの』とニヤニヤ嗤《わら》ってたわ。わたしが若い頃、優しい言葉をかけて近づいてきた中年男なんだけど、忽《たちま》ち豹変《ひょうへん》して、『若い頃は夢があったから、望みが高かったけど、いまは金さえかからなければ手当たりしだいだ』と言ったのよ。あの子が死んだ後、女が夢に出てきて、『猫ちゃんのお食事係りになってあげる』って優しく言うんで、つい任せたら、毒を盛って殺しちゃうなんて、あんまりよ。わたしが死んだあの子を抱えて逃げてゆくと、皆でばたばた追いかけてきたわ。あの子を預かってくれるというスイス人がいたから、慌てて電話番号を訊いておいたわ。わたしは方向音痴だから二度とあの子に会えなくなってしまうでしょう……。スイスには意地の悪い目をする人がいないのに、日本では親しみのある目に会うことはめったにないので、日本人は目のかたちが悪いのかと思ったわ。尤《もっと》も日本人のなかにも、もっとよくしておくんだったと悔やむようないい人もいたけど、皆早死にだったわ。人の足を引っ張ったり上手にとびまわったりする人は元気がよくて、そうでないとだんだん片隅に追いやられて死んだみたいに生きているでしょう……。あの子と過ごした九年間は子供の頃が戻ってきたみたいだったわ。男にひどいめに遇ったあとで、暗くて陰気だったのにあの子のお蔭で明るくなったの。清らかで美しい思い出は、あの子と子供時代だけ……。入院中、すっかり衰弱しているのに、ウオーウオーと医師一家を威《い》嚇《かく》してけっして近づけないので、わたしが病室から診察台まで抱いて行ったのよ。死ぬすこし前、意識が薄れてゆきながら、わたしを見詰めつづけていたの。その半月ほど前にみた夢のなかで、『低い空で暖く輝く星になる』という声を聞いたけど、この時のあの子の目のことだったんだわ……。男って、親しくなると、土足でずかずか踏み込んでくるでしょう。あの子の足音ってサラサラっていうの。このお話、もうしたかしら。わたし、その音を聞くと、独りじゃあないなという気がしたわ。あれくらいわきまえてくれればいいのに……」

――人と猫、夢と現実がごっちゃになってなんだか分からないけど、面白い、と考えながら、私はGの話に耳を傾けている。突然、Gは耳をそばだてる。

「なんの音かしら」

「なにも聞こえません」

「石段を上ってくるわよ」

立ち上がり、ガラス戸を開ける。

「お婆さん、三毛猫来てないかしら」

と、女学生が顔をのぞかせる。

「お婆さんだって、フン、馴々《なれなれ》しい」

Gは呟《つぶや》き、声を低くして答える。

「庭をお捜し下さい。家の中には入ってきませんから」

「いないわ」

「それじゃあないんですか」

顔が傷だらけの茶色い猫を指さす。

「フン、これ三毛じゃあないわ、厭《いや》だ」

女学生は口許《くちもと》に薄笑いを浮かべ、帰りかける。

「よろしかったらお連れ下さい。この猫なら毎日来ていますから、いつでもどうぞ」

Ｇの声が追いかける。その猫は、私が棲んでいる付近のボスで、魚を盗まれたとか、飼い猫を孕《はら》ませたなどと嫌っている人が多いが、いまは他《ほか》の猫同様静かにしている。

「女学生って厚かましいから大嫌い。わたしがＪ賞を受賞して新聞に出たら、勿論《もちろん》こんなことはじめてなんだけど、卒業した女子高校の文芸部から電話がかかってきて、『もしもしＧですか』って呼びすてにするのよ。『昨日、家に行ったんですよ、どこに出掛けてたんですか。文化祭で女流詩人研究を発表するんで、これから取材にゆきます』って言ったから、どうしても駄目だからと電話を切ったんだけど、またすぐかけてきて、『Ｊですか、あ、間違えちゃった』とゲラゲラ笑うの、電話をかけている人のまわりにいる人たちの笑い声も聞こえてきたわ。Ｊ賞を受賞したので、ついそう言っちゃったのね、ＪとＧは似てないことはないけど……。『皆と相談しましたが、やっぱり、したいから』『困ります』まわりの人たちに『駄目だってさ』と言い、『どうしても』とわたしに念を押し、『せっかく取りあげようと思ったのに。さようなら』と言うのよ、無神経でしょう。研究すると言っても、あんな娘たちにはわたしを何時間じろじろ見ても皺の数が何本あったか程度しか分かんないわよ。あなたも何か話して、なるべく厚かましい人の話をしてね」

「厚かましいというのかどうかよく分かりませんが、郵便局の同僚だった人なんです」

「なに係りの人かしら」

「切手売場でした」

「ああ、あのでか顔ね、ヘルメットみたいな髪型の醜い女ね」

「目鼻立ちは整っていましたし、フランス貴族の髪型を取り入れて自分でデザインした髪が人目をひいていました」

「わたしは中身でみるから。ああいうはすっぱは好かないのよ。同じタイプを知ってるけど、その女、わたしにライバル意識を持ってて、足をひっぱるんで厭《いや》だったわ。すぐ、誰にも言わないでねと言ってわたしにいろんなこと話すの、でも、他の人にもみんなそう言うんで、誰でも知ってるのよ。その女が近づいてくると、他の事を考えて聞かないようにしたわ。Ｊ賞を受賞したら、『懐しいわ』と訪ねてきて、『親友だったじゃあないの』と言うのよ、かなわないわ。『あなたは偉くなっちゃって、わたしなんか』と何度も言うのよ。旦那も子も孫もいるでしょう、と羨《うらや》ましがればいいらしいけど、面倒臭くて。わたしにライバル意識持つ人って三流が多いんで、がっかりしちゃう。次の日、戸を開けたらその女が立っていたんで、思わず閉めようとしたら、『避けなくたっていいじゃあない』と戸をがっと開けようとしたから、『猫が厭がるんです』と言っちゃったの。変な顔して帰って行ったわ。あ、ごめんなさい、ヘルメットの話して」

「丸井めぐみさんって言うんですけど、同じアパートにいた頃、猫ブームになったら、それまで猫のことは一度も話さなかったのに、男より猫がいいと飼いはじめたんですが、その猫、誰にでも胸にしがみついたり顔を擦り寄せたりしました」

「そんな猫らしくない猫がいるのは困るわ」

「丸井さん、突然郵便局をやめて、アパートにも帰ってこなくなったんです。わたしが猫に御飯をあげていたんですが、半月ほど経って、ひょっこりアパートに荷物を取りにきて、化粧品会社に入って地方にセールスに行っていたけど、同じ会社の人と結婚することにしたと言うんです。『タクシーに乗せて捨てに行ったのに、二度も戻ってきたのよ、御飯あげなくていいわよ、そのうちどっかへ出て行くでしょう』と猫を置いて行っちゃったんです。その猫は毎日わたしが帰ると門のところに居てからだを擦り寄せてくるんです。三日くらい考えて、面倒をみるよりしようがないと思えてきたんです」

「ひどいひどい、人間じゃあない、猫じゃあない」

　Gは叫ぶ。

「あの、その猫、チャコールグレーの猫が迷い込んできてから、前よりべたべたしなくなりました」

「それならいいけど……。きっと見習ったのね。わたしも若い頃に変な猫好きに会ったわ。その男、猫のセックスのことばかり、まるで自分が猫になったみたいに夢中で喋《しゃべ》るの。肛門《こうもん》のかたちがどうのって説明されても、興味持てないわ。その男に、『猫、元気』と声をかけられた時、死んだあとだったけど、言いたくなかったから、『ええ』と答えたわ。『あんた、猫の顔に似たいと思うだろう』って意地の悪い目でじっと見たので、『前にいた猫とわたしそっくりだと言われました』と言ったら、呆《あき》れて黙ってたわ。実は、その猫、皮膚病の汚い毛で、雑巾《ぞうきん》と間違えられたのよ。女だてらに大冒険して片目と鼻を潰《つぶ》され、緑の鼻ちょうちんを出していたんだけど、そのことは言わなかったの、フフ、弱い者いじめする人は、おどおどすると、つけあがるのよ。わたし、いい女じゃあないせいか男にもよくいじめられたわ。女はすぐ意地悪になるでしょう、でも、男の意地悪のほうが物凄《ものすご》いみたい……」

　額に入ったうつむきかげんの猫の写真と、チャコールグレーの綺麗な布に包まれた四角いものの前に花が沢山《たくさん》活けてある。その猫が私の部屋に迷い込んだ猫にそっくりだと言おうとした時、

「あの子なの。写真機を向けられると、うつむいちゃうの、花とドビュッシイのピアノ曲が好きで、

サラサラ、シャバシャバって足音を立てて歩いて、目は月の色。これはお骨よ」

と四角いものに優しい目を向ける。

「わたしのお墓に一緒に入れるの。あの医者、わたしに疲れるから焼場についてくるなと言ったけど、これ、ほんとうにあの子のお骨かしら」

箱を開けて匂いをかぐ。

「剝製《はくせい》にしようかと迷ったけど、かえって悲しくなるからやめたの……。外出する時は、もう独りだからしっかりしなくては、と思って、『守ってね』とこの写真に頼むの。

　陽気で、坦々《たんたん》として、而《しか》も己を売らないことをと、
　　わが魂の願ふことであつた！

と、中原中也の詩にあるけど、あの子はその通りに生きたわ。わたしも見習いたいと思っているのよ」

預かっている猫が写真の猫に似ていると言えなくなってしまった。いつまで待っていても現われないので、アパートに戻ると、母の形見の籐椅《とうい》子《す》の上でまるくなって眠っている。Gに知らせるために石段を上ってゆくと、窓が開き、Gが顔を出す。

「いたのね」

「はい。黒猫は戻ってきましたか」

「まだなの……」

石段を下りてゆきながら、いつもより足が軽い感じだった。部屋に戻ると、めぐみの猫は、私の寝台の上で仰向けに四肢を拡げて熟睡している。――やっぱりめぐみに似て品がない、と口の中で呟く。

もう一匹は籐椅子の上で片目を開けて眠っているが、鼻がピンクで、鼻の穴が大きいところまでGの猫にそっくりだ……。

三

Gが郵便局に来て、郵便貯金をはじめると言う。

「猫ちゃん、お元気ですか」

と、Gが私に訊く。

「はい」

なにか聞きたそうに優しい目を向けている。私が言葉を捜していると、

「名前はつけたの」

「大きな猫なので、ついているんじゃあないかと……」

「猫のからだにそっと鼻を近づけてごらんなさい。あの子は積ったばかりの雪の匂いだったの。猫の毛は爽《さわ》やかな手触りよ。そっと撫《な》でてみてね。あまり長話をするといけないわ」

休日に、道で偶然Gに会う。

「どんな匂いがした」

と、Gが訊く。

「衛生ボーロみたいでした」

「そんないい猫はめったにいないから、大切にするほうがいいわ」

「はい。まだ、飼い主が現われないので、捨て猫かとも思いますが」

Gの顔がこわばり、目が吊《つ》り上がってしまう。私は慌てて、

「あんな大きくて綺麗だから捨てられるなんてことはないでしょう」

Gは機嫌を直してニコニコし、忽《たちま》ちまた顔を曇らせる。

「あの素敵な黒猫、車に轢《ひ》かれたの……」

「まあ……」

「なにか面白い話はないかしら」

「面白いかどうか分かりませんが、先日、犬猫病院に歌手のAが来ていました。地方巡業にゆく時、拾って可愛がっていた猫を病院に預かってもらったんだそうです。その猫、元気だったのに、家に連れて帰って間もなく、死んでしまったんだそうです」

「怖いわ……、それで」

「Aが死んだ猫を抱えてきて、『一体どんな扱いをしたんですか』と訊くと、医者はおどおどして、『おっしゃったとおりの特別室に入れ、看護婦には診させないでワイフが診ていました』と答えました。Aは青ざめたまま足を二、三回貧乏揺すりしたけれど、ふーと細い鼻の穴から息を吐き出し、『弁償してもらおうじゃあねえか』と凄んだんです」

「ホホ、あの人、よく問題を起こすけど、ファンなの。死んだ猫のうたがいっぱい入っているLPを出したのよ。わたし持っているわ」

　Gは喋りつづける。

「動物愛護デイに、ある団体が主催したコンクールで優勝した猫にトロフィーと賞金を渡すから列席するようにと言ってきたから、〝欠席。実験に使われるまで檻《おり》に閉じ籠《こ》められている動物や野良猫の

ことも考えてあげて下さい〃と返信を出したの。どうもコンクールをする猫好きを好きになれないのよ。勿論《もちろん》、猫に罪はないのは分かっているけど、だいたい避暑地には避暑客が捨てていった犬猫がいっぱいいるそうよ」

「ひどいですね……」

「空家で生活している野良猫たちを知っているけど、家の中に食べ物を持ちこまず、それは清潔にしているのよ。近親結婚のせいか目の無い猫なんかもいるわよ……。あなた、犬猫病院に行ったと言ったけど、どこが悪かったの」

「迷い込んできた時、怪我をしていたんです。よくなったんですが、皮膚病があるみたいです」

「いい猫は神経が過敏だから皮膚病になるのかしら、あの子もそうだったわ……。よく効く漢方薬を持っているから、郵便局に明日でも届けてあげます。その猫、額に皺《しわ》があるって言ってたわね。あの子もダニ猫だったの、ダニにつかれると、額に縦皺が出来て、ライオンみたいに威厳がある顔になるのよ。その猫、何歳くらいかしら」

「医者は、だいぶ年取っていると言っていました」

「それじゃあ、お豆腐を混ぜてあげて。蛋白質《たんぱくしつ》がとれるの。あ、鶏のレバーはあげないで、白血病になりやすいんですって」

四

豆腐屋の薄暗い店内には人がいない。

「ごめん下さい」

と声をかけて佇《たたず》んでいると、軀《からだ》が冷えてくる。その時、鼠《ねずみ》が足許《あしもと》を走ってゆく。食べる気がしなくなり、店を出て、スーパー・マーケットに行った。パッケージに包まれた豆腐は舌触りが悪いように思えるが、間に合わせる。

一週間ほど経ち、その店の前を通りかかると、看板を外してある。

休日に、Gの家へゆき、公園の傍《そば》に小さな豆腐屋を見付け、店内を覗《のぞ》くと、太陽の光が差し込んでいる。

「絹漉《きぬご》しを二つ下さい」

と言ってしまい、二丁と言い直そうと思った瞬間、

「二丁と言うのよ。入れ物はどこ」

と元気の良い声がする。五十くらいのよく太ったおかみさんが私を見て、笑っている。

「持ってこなかったんです」

「吝嗇《けち》ってるわけじゃあないけど、お客さんは買い物籠《かご》も持ってないから。店の入れ物は薄くて、手に持って歩くと、絹漉しはとくに壊れやすいからね」

「そうですね。では、木綿を一丁だけ下さい、壊さないように気をつけますから」

翌日、休み時間に、私は大きな弁当箱を買って豆腐屋にゆく。おかみさんは満足そうに絹漉しを二丁入れる。

次の日、勤めの帰りに寄って、弁当箱を渡すと、

「あら、入れ物を持ってくるなんて気がきいているわね」

と、客が言う。

「ええ、この奥さんみたいにお豆腐を大切にしてくれれば、こっちは暗いうちから起きてつくった甲《か》斐《い》があるってもんですよ」

おかみさんに若い男の店員が小声で、

「おかみさん、奥さんじゃあないでしょう」

「ああそうそう、お嬢さん、指輪してないもんね」

二人は口許に薄笑いを浮かべている。――陰で笑い者にされていたのだろうか……。

部屋の前まで戻ると、曇りガラスの扉越しに猫が映っている。後ろ足で立ち、前足で扉を押しているらしい。扉を開けた瞬間、チャコールグレーの猫が飛び出してきて、すーと滑り、四肢を拡げて、仰向けに転ぶ。

「あらあら」

起き上がって、照れたように目をそらす。なんだか楽しくなる。

翌朝、チリリンという母の形見の目覚ましのか細い音が鳴りやんだが、背中が痛くて、なかなか起きられない。猫たちが「ア、ア、ア、ア」と幼い子供のような声で起こしにくる。

郵便局の階段で擦れ違った細沼が、私の額にさっと手を置き、

「熱があるんじゃあないの」

と、じっと私を見る。

「いいえ」

暫《しばら》くすると、細沼が私の目の前にアンプル入りの風邪薬をぽんと置き、

「良く効くんだって。飲んだほうがいい」

ピリン系と書いてある。私は非ピリン系でなくては駄目だし、風邪をひいてないので、捨てる。

仕事が暇になったので、ぼんやりしていると、目の前に細沼が座り、じっと見ている。

「なに」

「あ、元気そうだね、目が冴《さ》えてきた。そこで、見てもらいたいんだけど、どうこのスタイル」

ぐるりと一回転して、

「ねえ、こっちの方が長すぎない」

と耳の横の毛を引っ張る。

「そうも思えないけど」

「そんなこと言わないで、揃《そろ》えて下さいよう」

と甘えた声を出す。

部屋に戻ると、曇りガラスの扉越しに猫が映っている。

「ただいま。あ、約束忘れた」

チャコールグレーの猫はむっとする。

「まだ魚屋さん開いているから、すぐ買ってくるわよ」

電話が鳴る。

「僕です」

と細沼の声が聴こえてくる。猫たちはそっぽを向く。

「家に帰って鏡を見たら、やっぱり寸法が違っていた、仕方ないから自分で切ったんだ、明日また見てね」

あまり話が長いので、受話器を耳から離すと、ガリガリバリバリという音がする。安売りでまとめて買ったトイレット・ペーパーに、猫たちが爪を立てたり、噛《か》んだりしてばらばらにほぐしている。

——あ……。

「今日は粗食にしなさい」

と猫たちに言い、煮干しを煮ていると、めぐみの猫がだみ声を張り上げ、催促する。すると、チャコールグレーの猫も「わあ、わあ」と鳴き出し、五月蝿《うるさ》いので、二匹を廊下に出す。二、三分も経たないうちに、管理人が「猫が鳴いていますよ」と電話をかけてくる。慌てて戸を開けると、隣室の水商売の女性がめぐみの猫には目もくれず、「可愛い可愛い、チョッチョッ」と大きな声で言いながら、悲鳴をあげているチャコールグレーの猫の頭を撫でまわしている。

　部屋に入ったチャコールグレーの猫は、片隅に置いた猫用のトイレに駆け込む。よほど我慢していたらしい。

「外に行けばよかったのに。身動きも出来なくなるなんてだらしないわ」

猫は一度入ったトイレから出て、傍のタイルの上で用を足す。——あ、と思った瞬間、一メートルくらい跳び上がり、部屋中逃げまわる。私は呆気《あっけ》にとられて見ているだけ。仕返しをしたらしい。

「いつもきちんとしているのにね。よっぽど腹が立ったんでしょう」

とチャコールグレーの猫に笑いかけ、掃除をはじめる。すると、近づいて来て、真剣な表情をし、汚したタイルのまわりを爪で引っ掻《か》いている。猫は用を足したあと砂をかぶせるので、その真似をしたらしい。

　翌朝、出勤前にアパートの窓枠《まどわく》を塗るからとペンキ屋が部屋に入ってきて、

「チェシャ猫みたいだ」

とチャコールグレーの猫を褒める。私は子供の頃、美しい挿絵《さしえ》入りの本で『不思議の国のアリス』を読んだ。

ペンキ屋は長髪でひょろひょろした青年だが、よくみると、感じのよい優しい目をしている。

五

数日後、出勤すると、細沼がニヤニヤしながら週刊誌を私の前に拡げる。

「出ていますよ」

今週のふれあい賞と見出しがついたグラビアに、男と女のくっつきそうな顔があり、女は私だ。

「このオバさん、雑踏を歩きながら、ずっとブツブツ独り言を言っていたが、突然、『馬鹿男』と言った。前を歩いていた人がびっくりして振り返ったところをキャッチした。『すみません、考え事をしていたので』と謝ったので何事もなく男は去った」と撮影した人の文章が添えられ、「こういうふれあいもあるのですね。人の世は様々です」と選者の評が出ている。

「独り言を言うんですか、老化現象のはじまりですよ」

細沼はニヤニヤし続ける。

「あ、白髪《しらが》が太陽に輝いている」

細沼の目に意地悪い光が混じる。

部屋に戻り、鏡を覗く。二本白髪が出ている。二十代の頃、白髪を見付けると、面白がって抜いた。いまは慌てているので、なかなか抜くことが出来ない。やっと抜いて屑籠《くずかご》に捨てる。

その夜、チャコールグレーの猫は帰ってこなかった。私が誤って、しっぽを踏んでしまった時、全く声を出さなかったが、部屋から出てゆき、玄関の扉に向かって座り、いくら謝っても厭《いや》な顔をし、私を見ないようにしていた。

「許してもらえなかったんだわ」

と独り言を言う。

休日の朝から猫を捜しにゆく。若者が数人、政治関係のビラを配っているが、誰も私だけはよける。――以前はこんなことはなかったのに……。男が近づいてきて、印刷物をくれる。「暇をもてあましているあなたに。きっと良いアルバイトをお世話しますから、すぐ来て下さい。内容を書けないのは真似されるおそれがあるためです。けっしてあやしい仕事ではないですよ。なんだったらお巡りさんと一緒に来てね」と書いてあり、ビルの一室を記してある。

夕方、Ｇの家の前を通りかかる。――ここに来ているのなら諦《あきら》めよう、とアパートに戻り、とぼとぼと階段を上ってゆくと、上から下りてきた、ゴテゴテの大きな髪を結い、ロングドレスに厚化粧の女が私を見て、

「キャ」

と悲鳴をあげる。

「すみません」

と思わず言い、謝ることもなかったと気付く。女はつんとして立ち去る。

部屋の戸を開けると、めぐみの猫が飛び出してくる。

「驚くじゃあない、こら」

——前にチャコールグレーの猫が同じ事をした時は喜んだのに、と反省する。電話が鳴る。

「サリー、あたし誰だか分かる」

郵便局に入ったばかりの頃、「のっぽのサリー」という歌が流行していたので、丸井めぐみが私にサリーという愛称をつけた。

「あたしの声忘れちゃったの」

「お久しぶりね」

「あたし、子供を生んで、毎日が戦争よ。見せにゆくわ」

めぐみが結婚前に、「わたくし、すっかり変わりそうよ、彼ったら、五人は子供を生んでくれと言うの、彼の頭脳とわたくしの感性をかねそなえた子をこの世に残すことは、世のため人のためになることですって。わたくしお酒をやめて、毎朝マラソンしているのよ」と言った時、——世のため人のためを考える人が、自分が飼っていた猫の一匹も仲間にできないのか、と私は腹を立てた。「あのね、どうせ結婚するんだからって彼にホテルに誘われたんだけど、式を挙げるまではと断わったの、わたくしは古い女なのよ」とも言ったので、私はびっくりした。それまでめぐみは、小学校の時には性の知識は全部知っていたし、十五で初体験したと自慢していたのだ……。

その時、めぐみの猫が鳴きながら近づいてくる。

「気持悪いわね、その声が男に変わることを願うわ」

と、めぐみが言う。

「ハズは化粧品会社に勤めてるのよ、いい商品があるのよ、すこし高いけど、効果があるわよ、これから持って伺うわ」

「わたし、いまのところは」

「すこしお洒落《しゃれ》したほうが綺麗になるわよ」

「いらないわ」

「吝嗇《けち》」

受話器の向こうで、めぐみが鼻から息を吹く気配が伝わってくる。

その夜、夢の中に異常に顔が大きい子供が現われ、「あんた、いい年してうすら馬鹿」と罵《ののし》って消えた。目を覚まし、あの子供はめぐみではないかと思う。

勤めの帰りに美容師が声を掛けてくる。

「細沼さんが、あなたがいつも独りで淋しそうだから付き合ってあげているけど、中年女は若い子みたいに素直じゃあないって言っていたわよ」

部屋に戻る。その直後、扉をコツコツと叩く音がする。開けると、チャコールグレーの猫が居る。

「戻ってきてくれたのね」

うん、というような表情をし、長いしっぽをぴんと立てて部屋に入ってくる。めぐみの猫が戻ってきた猫を舐《な》める。すると、倍くらい舐めかえす。魚を皿に入れると、めぐみの猫は皿の外へ引っ張りだすが、チャコールグレーの猫は前足で皿を押さえて皿の中だけで食べている。

数分後、二匹は肩を組むようにして眠っている。

突然、背中が痛くなり、軀《からだ》を横にすることもできず、這《は》ってゆき、非ピリン系の痛みどめを多めに呑む。暫《しばら》くすると痛みが柔らいでくる。その時、ふと視線を感じる。すこし離れて、猫たちがそっと見守っている。

六

休日に、私は公園に出掛けた。Gが遊動円木に腰掛け、本を読んでいる。邪魔になるといけないから、そっと引き返そうとすると、ニコニコした顔を上げ、

「久しぶりに暖かくて嬉しくて……」

と手招きする。

「もう何時間もここにいるのよ、ほらね、こんなに大きな袋の中に本をいっぱい詰めてきたのよ。これは、ホフマンスタールの『影のない女』よ。あんまり面白いので、わたしも物語を書きたくなったわ」

と恥ずかしそうにする。

「この本は『北欧神話』よ。フェンリス狼《おおかみ》という強そうな狼が神々の世界を滅ぼすのではないかって怖《おそ》れた神々が、フェンリス狼を縛っておく鎖を考えだしたの。猫の足音と、女のひげ、岩のねっこ、熊の足の腱《けん》、魚の息、鳥の唾液《だえき》をより合わせて作ったのよ。だから、猫には足音が無いといわれているのよ」

膝《ひざ》の上の本を指し、

「四柱推命《しちゅうすいめい》っていう占いなんだけど、よくあたるのよ、わたしは結婚運がなくて、たとえ玉の輿《こし》に乗っても、あっけなく離婚するし、被害者の立場になるから、色情の過ちにも注意したほうがいいんですって。キザで、卑劣で、おしゃべりで、独りよがりで、ひ弱な男にしか会えないとも書いてあるわ。実際に、つまらない男とかかわりあって後悔したの。あの子のために泣くたびに心が洗われるけど、

男に泣かされると心が茶いろく濁っちゃう。わたしはもう七十だし、男運が悪いから恋愛はしないわ。同い年の女の人で、若い男から親切にされたら、まわりの若い人でさえ比べ物にならないほど美しさを取り戻したのよ。女って凄いと思うわ。尤《もっと》もその人は整形で皺を全部取ってるの。プロポーズされて、若い男、困ってるらしいわよ。若い女流詩人が醜いのに美しい詩を書くって厭味《いやみ》を言われて、美しい詩を書かなくなったのよ。才能があったのに、思ったより伸びなかった。でも、わたしはもう大丈夫、鏡をみないから」

「影が映らないのではないですか」と私は冗談を言おうかと思ったが、やめる。

「また毎日のようにあの子の夢をみるの。生きかえって、看病して、また死ぬ夢が多いわ……。デパートで可愛い猫ちゃん即売会っていう貼《は》り紙をみて、行ってみたんだけど、ただのペルシャ猫はどうも好きになれないわ。可愛くない猫ちゃん即売会にすればいい。むしろムクムクの犬のほうが可愛いと思うわ。あの子に似た縫いぐるみを捜して歩いたんだけど、いい猫をうまく作る人はまだいないみたい。捨て猫だったけど、あんないい猫二度といませんよ……。山口県の動物園で生まれた白いライオンの仔《こ》、灰色に変わっちゃったって新聞に出ていたけど、あの子に似た色かしら。あの子はペルシャと日本の混血らしいの、顔が大きいせいか猫にしては目が細くてライオンの仔みたいだったのよ。威厳があって、繊細で、行儀が良くて無邪気で、すぐニコニコするの。前に飼っていた牝《めす》もいい猫で死ぬ前に一度だけ淋しそうに笑ったのよ。夢の中では大笑いしていたけど……。もう飼わなくてもお骨があるからいいの……」

私は思わず涙ぐんでしまい、涙もろいほうではないので、自分にびっくりした。Gは感謝したような目を向け、

「あなたも占ってあげる」

私の生年月日と生れた時刻を訊《たず》ね、

「結婚運が無いの。男とかかわり合うと、加害者の立場になるんですって。家族とも縁が薄いわ」

「母はわたしが十の時、父は十六で亡くなりました」

Gは異常なほど熱心に聞いている。

「高校を出るとすぐ上京して勤めたんです。結婚して子供を生む気にもならず」

そこまで話した時、今まで思い出さなかったのに、ふいにくっきりと母のことが蘇《よみがえ》ってくる。

「母は神経の病気でたびたび入院していました。母が可愛がっていた灰色の大きな猫は、母が入院すると、家出するんです。父が外で見かけて、声をかけたんだそうですが、ちらっと見て慌てて気付かないふりをしたそうです。その猫、名前がついていなくて、『タマ』とか『ミイ』などと家政婦が勝手に呼ぶのを、母はとても厭《いや》がりましたし、猫のほうも知らん顔していました……。わたしが学校から戻ると、母は縁側で籐椅子に腰掛けて庭を眺めていたんですが、気分がいいから海岸を散歩するときかないので、一緒に出掛けたんです。家から二、三分歩いて十五段の石段を下りると、もう砂浜でした。砂の上で母は下駄を脱いで、『ああ、いい気持、足の裏が熱くなって、軀《からだ》が軽くなるの、なんだか一ぺんに健康になったみたいよ』と明るく笑ったので、わたし、嬉しくなりました。砂丘をどんどん上って、『早く、早く』ってわたしを急がせました。砂の上に昼顔が沢山《たくさん》咲いていました。頂上に座って、童謡を歌ってたら、急に母が『あ……』って吸い込まれるように、すこし離れた場所を見たんです。焦げて黒くなった大きな紙が落ちてるのかと思ったら、ガサッと動いて舞い上がったんです。羽根がぼろぼろになった鳶《とんび》だったんですが、母はガタガタ震えてしがみついてきて、『鳶だから大丈夫よ』っていくら言っても離れてくれなかったので、家政婦が迎えにくるまでじっとしてたんです。あの時は、軀がカチカチになってゆくみたいな気がしました。次の日、学校の帰りに歩道に人が群がって海岸を見下ろしてて、『気違いだ』『まるみえなのが分からないんだよ』って騒いでました。水の無い掘り割りに母がしゃがみこんで、『ここにいれば捕まらないわ』と嬌笑《わら》ってました。母の肩の上に猫が乗って、焦点の合わない目をしてました……。猫は年取って日向《ひなた》で眠ってることが多かったんですが、母が声をかければ、ぱっと目を開けて、どこにでもついてゆきました。母が『おんぶ』って言ってかがむと、『イヤーアン』と鳴きながらおぶさるんですよ、陰で、わたし、『わんチャン』とか『犬ヤン』ってからかってました……。母は、入院することになったんですが、『竜太さん、今日は一緒にゆきましょう』って部屋中駆け回って、裸足《はだし》のまま庭にころがるように出てゆくと、『ニャーン』って木の天辺《てっぺん》から猫が見下ろしていたんです。久しぶりに木にのぼって、誇らしそうにみえました。『竜太さん、竜太さん、今行くわ』って幹に爪を立ててました。父と家政婦に抱かれるようにしてゆきながら、あどけない目で猫を見詰め続けてました。母の姿が見えなくなると、『うあぁん』って猫は鳴きました。あれが生きた母を見た最後でした。あとで家政婦に聞いたんですが、車が病院に向かって間もなく、後からきたオートバイが、追い越しざまに、とび出してきた猫を撥《は》ねたんだそうです。それを見た瞬間、『コホン』と咳《せき》を一つして、そのまま息をひきとったそうです」

「いまのお話を素材にして、物語を書きたいわ……、いいかしら……」

「はい」

「竜太さんって、あなたのお父さんの名前かしら」

「いいえ」

「また、あの子のことなんだけど、今年の七月十二日が三十三回忌なの。愛するものが死んだ時には、自殺しなけあなりません。って、中也の詩にあるけど、わたしはこんなに生きながらえちゃって……。窓辺にゆったりと座り、外を眺めていた姿が懐しいわ。にあああ……と鳴きながら欠伸《あくび》する無邪気な表情、壁に映った影に戯れていた真剣な表情も忘れられないわ……。いつまでも忘れないので、あの子は死にきれず、さまよっているかもしれないわ……」

　何度か私は預かっている猫に会ってみないかと言いかけ、Gに連れられて行ってしまったら淋しくなるだろう、と思い直す。

「あの子はわたしの寝床に入ってこなかったのに、死ぬ二、三ヵ月前から毎日四、五分ずつ足もとにそっと寄りそっていたのよ。九歳で死ぬなんて早すぎるわ……」

「夭折《ようせつ》しそうな感じですもの」

　Gはぱっと明るい表情になり、

「このレコード、あんまりジャケットが良かったので、二枚買ったの。一枚あなたにあげます」

　大きな紙袋の中から、ジャニス・ジョプリンのレコードを取りだす。

「さあ、チーズ・ケーキを買って帰って、勉強しましょう……。この女性週刊誌に、わたしが好きな歌手のこと、オチメなんて書いてあるのよ、日本人って意地悪ね、捨てちゃおう」

　と塵箱《ちりばこ》に捨てて、

「さようならの言葉さえ　知らなかったの　白雪姫みたいな　心しかない　わたし」

　以前にヒットした歌謡曲を歌いながら帰ってゆく。滅茶滅茶に音程が外れている。

　部屋に戻り、ジャニス・ジョプリンのレコードをかけると、チャコールグレーの猫はプレーヤーの正面に座り、目を細め、じっと耳を傾けている。すこし経ち、もう一匹も隣りに座る。

数日後、結婚前に母が勤めていた喫茶店の友だちから電話がかかってくる。私が葉書で、竜太という人を知らないかと訊ねたのだ。その人の話によれば、母には竜太という名前のドラマーの恋人がいて、二人は羨《うらや》ましくなるほどよく似合ったが、突然、母が結婚してしまい、間もなく竜太は事故死したそうだ……。

サラサラという足音が近づいてくる……。

「衛生ボーロの匂いだから、衛生」

と呼んでみる。チャコールグレーの猫は黙っている。

「でか」

興味深そうにじっと見ている。

「でぶ」

今にも笑い出しそうな顔をする。

「お母さんみたいに、竜太さんって呼ぼうかしら。竜太さん……」

「あ、あ、ああん」

猫は鳴きながら欠伸《あくび》をする。あまり口を大きく開けたので、顎《あご》ががくっと鳴る。すると、私に欠伸が移ってしまう。

翌日の新聞に、夫婦でドライブをしていたら、オートバイがとび出してきた猫を撥《は》ねた。それを見ていた妻は、そのショックで息を引き取った、と書いてある。

七

——竜太は母の恋人だったと話そう、創作の役に立つかもしれない……。ちょうど知人から桜《さくら》ん坊《ぼ》が送られてきたので、レコードのお礼にGに届ける。受け取りながらGは困ったような表情をし、

「いつも長話してごめんなさい」

とすこし濁った声を出す。——負担に思われたんだわ……。私は竜太のことは話せないまま帰ってくる。——物を書いていた時、突然訪問したので、不愉快だったのかもしれない、と後悔した。

その月、Gはなかなか預金にこない。定期預金の(替)《マルカエ》の手続きの時期なので、印刷物を送ったが、みなかったのだろうか。この手続きをとると、利息が有利になる……。電話局に勤めている知人が「Gさん、耳がお悪いんじゃあないかしら。局に『電話がジイジイいうだけです』と電話をかけてきたので、調べて、『電話のほうは故障がありませんから、お宅のほうに御事情があるのではないでしょうか』と電話したんだけど、聴こえないらしくて、切っちゃったのよ。その後、なんにも言ってみえないから補聴器を付けたのかしら」と言っていたので、電話しようかと思うが、ためらってしまい、くるのを待っている。

風邪をひき高熱を出し、中年以降にかかるという帯状疱疹《たいじょうほうしん》にもなったので、二日休んでしまい、出勤すると、Gが預金を全額おろしにきたそうだ。

もう半年以上Gに会っていない。家の前を通ってみると、庭に雑草が伸びほうだいになっている。花を手入れする老人はこなくなったのだろうか……。

Gから絵葉書が二枚届いた。一枚目「スイスに来ています。白内障の手術の経過が良く、気分を変えるために、品の良い観光団を捜し、行き帰りだけツアーに加わって、あとは自由行動をしています」二枚目「大きなライオンの縫いぐるみを買いました。これからはこのライオンと暮らします。もうすぐ帰ります。猫ちゃんお元気ですか。そんな良い猫は二度といませんから、大切にしたほうがよいと思います」

乾物屋でパッケージに包まれていない豆腐を売り出したので、休日に買いにゆき、公園を歩いていると、誰も居ないから、遊動円木に腰掛ける。揺すっているうち珍しく華《はなや》いだ気分になってくる。

部屋に戻り、弁当箱を開けると、豆腐がこなごなになっている。うっかりして買い物籠《かご》も遊動円木に載せたのだ。料理をつくっていると、チャコールグレーの猫は傍《そば》に黙って座り、待っている。もう一匹は以前より小さな声で鳴きながら、部屋の中を歩きまわる。急に私はとても静かな気持になってゆき、不思議な思いであたりを見回す。チャコールグレーの猫が咽喉《のど》を鳴らす低い音が聴こえてくる。――この響きのせいなんだ……。波の音を思い出すわ……。いつまでも傍に居てほしい、と思った。

猫と私の食事が始まる。そのあと、蚊取り線香を焚《た》いて本を読んでいると、猫たちは部屋から出てゆく。猫たちが厭がるので、蚊屋を捜しているが、どこにも売っていない。その時、「ほとんど外に出ず、『猫の殺人』を書いています」とGの子供のようにたどたどしい声がラジオから聞こえてきた。

ねこ忍＊水木しげる

ねこ忍

さまざまな歴史上の大事件も、平凡な人々の運命もすべて人と人との偶然の出合いによって始まる。古くはアントニオとクレオパトラ、いや男女の仲だけではない。諸君の友人にしても偶然どこかで合ったことから始まるように、この「人語を解する猫」と「猫語を解する人間」との奇しき運命も、まずこの偶然の出合いによって始まるのだが……けだしこれほど奇にして怪なる出合いもマレであろう。

?
俺ァ人間のペットとしてしか生きてゆけないような猫をケイベツするなア
ニャニュッ
これはおどろいた猫語を語るではないか
奥多摩に人語を語るカシコイ猫がいるときいたがお前その奥多摩の猫と違うか
ますますおどろかされるな
こんなに猫界のことにくわしい人間は初めてだ
ハハハハハ
おどろくのはまだ早いこれがこの三毛と苦心して作った猫語辞典だ

わしはそれを作るのにどれだけ苦労したことかョ
いやこれによって人間と猫とのミゾがうめられたようなものです
この功績は高く評価されなければならないでしょう
いやキミの人間語研究こそ高く評価されるべきじゃないかナ
この少年とも壮年ともつかぬ男は、猫をかいならし、自分の忍法の一助にしようとしたのであるが、熱心な三毛のすすめによって、猫語を研究し昨日やっと「猫語辞典」を完成し、どんな猫とでも話せるようになったところだった。
どうでしょう大分空も曇ってきたようです
大切な辞典でもぬらしてはコトですあのほら穴にでも……
うむ雨宿りせずばなるまい

ニャオ
ニャオ
これはおどろいた洞屈の中に猫が充満しておるではないか
ま どうぞ奥の方に……
いったいどうしたことかネ
うちつづく戦乱とキキンのために猫の生きる余地がなくなったのです
というと
人間のペットとして飼われる生き方がダメになったのです

人間が飢えているのだからナムリない
また野良猫として
近頃は人間がネズミを食べているからな
そうです
いや別にあなたをむさぼり食うというわけではありません
なるほど
そう話が進んでくるとわしと意見が一致するようだナ
各自　自由にエサをもとめる方式でも我々は生きてゆけなくなったのです
クスン
こうなれば集団の力によって人間をエサにして生きるしか道はありません
ギョッ
人間のやっている職業の中に……我々の生きる道を見出そうとしているのです
うむ
ニャオ
ニャオ
ニャ
ニャオ

わしに統領になってくれと……
ニャーゴ
ニャーゴ
うむ くすぐったい
集団で飼ってくれというわけか ハハハハ
よし 分った 分った
それこそ わしの 思うツボだ
わしは ツイ てる
ぱちく
すると わしは何千匹の 部下を もった わけだ
ぱちぱちのぱち
どう 計算しても 相当もうける ことができる
ぽん
それで は
いや
あなたの御 指示を あおぐま でもない
もう器量の よい猫は それぞれ お城の お姫様の ペットと して城内 に配置 されて おり

すでに数百匹の連絡係も自分の配置についております
アレマ？
そして
あなたの旗本として
うむ わしの身辺を守るというわけだナ
人食猫五十匹が常にあなたを守ってくれます
なかなかカシコイ猫だナ
猫にしておくのはもったいないほどだ
あなたこそ話せる人間
人間にしておくのはもったいない位です
ハハハハ 枕をもて……

いえ
お休みに
なられる
ヒマもござい
ません
うむ
「時は金なり」
というからな
仕事
予定表は
ぎっしり組ん
であります
あれは
予定表
かね
いえ
これは武田方
が蟻地獄から
ヒントを得て
作った
地獄堀の
設計図
これを
あなたは
信康に
売込む
のです
うむ
早速売込
むか………

そのあくる日
こんなに高く売れるとは思わなかった………
ふう
それでみなにカツオブシを一本ずつ配給して下さい
ぎょっ
少しは貯金もしなければいかんイワシの頭にしとけ
いや御心配にはおよびません次の仕事がチャントひかえています
ウム
密書だナ
よく手に入ったものだ

ニャオ
ニャオ
ゴロゴロ
早く カツオ ブシを……
かつおぶし
ふう
ニャオ
ニャオ
ニャオ
では この密書 をもって……
休む ヒマも ないナ

ふう
ふう
ふう
ドサッ
千匹の猫を飼うのはよういなことではないナ
でも
千両箱はこんなにたまりましたし
それに
それに
このお玉も近くあなたと結婚したいと
なんだと……
常に数十匹の人喰い猫があなたの行動を監視していますよ
あなたは我々の仲間から逃げ出すことはできませんあなたは我々と同化することによってのみ生きられるのです

人間がロクにめしも食えなかった時代に猫が生きぬくということはおそらくよういな事ではなかったろう。

困難に直面するとしばしば英雄が現れて民族を救うというが、それは猫界にもまたあり得ることであり、すべて生物は困難に直面するとしばしば信じられぬ力を出してその種族を保持するときく、我々人間は猫語を解し得ないから、猫の歴史を知ることはできないが、こうしたことも長い猫史の中にはあったであろうと私は推察している。

完

復讐は彼女に　＊　小泉喜美子

一

彼女はゆっくりと寝返りを打つと、隣に寝ている筈《はず》の彼のほうにそっと身体をすり寄せた。

——彼はいなかった。

もう、帰ってしまったのだ。いつだって、彼はそうなのだ。

だから、彼女としては、べつだんがっかりしたわけでもなければ、彼を冷たいと思ったわけでもなかった。

彼女の心には恋人に対する無限の信頼といとおしさがあっただけだった。たとえ、人はその感情をそんなふうには呼んでくれないかもしれないが、人がどう考えようとそんなことはどうでもいいことだ。彼女は彼を愛していた。それにまちがいはなかった。それ以上のことをくどくどと理屈づけるのは、彼女の性に合わなかった。また、彼女には無理なことでもあった。

だから、彼女はそのまま、ひとりの寝床で思いきりゆったりと四肢をのばすだけのばしてのびをし、身心ともに充ち足りた思いで大きなあくびすら一つやってのけると、すぐに起き上がることはせず、ふたたび眼をとじて、しばらく前の彼とのひとときをうっとりと思い返しはじめた。

何も知らない者が見たら、彼女の様子は非常に怠惰な、けしからぬものと見えたかもしれない。かまうものか、どうせ、彼女の本当の心の底なんか、たいていの人間にはわかりはしないのだ。

彼とのひとときは、じつにすばらしかった、と彼女はしみじみ思う。

彼はまだ若く、たくましく、彼女の要求にぴったりだった。

彼女のところへ忍んでくると、無駄口はいっさいきかず、余計な行動もいっさい省いて、ただちに愛の行為にとりかかる。

いや、そうなるずっと前、彼女は彼の声を初めて聞いたときから彼を好きだった。彼の声はとても力強くて、情熱に満ちていて、遠くからでもそれと聞き分けられた。その頃から――彼の姿を見る前から、彼女は彼に恋していた。彼に組み敷かれることだけを夢みていたものだ。

夢がかなって、晴れて彼の恋人となってからも、彼がおとずれてくるたびに彼女の胸は小娘のように騒いだ。

――つい、さっきだってそうだった。

彼は彼女の背後からすばやくのしかかると、彼女を強く、熱く抱きしめた。彼のしなやかな、男ざかりの肉体の全重量がずっしりと彼女の上にかけられるのが感じられた。

彼女はその重みにあえぎ、一瞬、必死に逃れようというけはいを示し、同時に限りないほどの陶酔をもって彼の言うなりに身をまかせた。

一瞬の彼女の抵抗がかえって彼をそそり、挑発しつくしたらしく、彼はのどの奥でかすかに低くうめきながら、彼女の首筋のあたりにその鋭い歯を立てると、この上なく粗野な、自然そのもののやりかたでのびのびと目的をとげた。

彼が堪能し、満足しつくしたことが彼女にもはっきりとわかった。ほんのみじかい時間と言えば言えたのだが、それで充分だった。彼らの愛の技術はながながと時間をかける必要はないのだった。本能のおもむくままに、おたがいの肉体の要求するままに、素直に求め合い、まじわり、それだけで充分なのだった。

　彼が充ち足りたことが、彼女をもこの上なく充ち足りさせた。そうでないときなどなかった。そんなことは彼女には想像もできないことだった。彼の思い通りにしてもらって、それで満足しないなどということは、到底、考えられなかった。

とくに、今日はそうだった。そのなかでも、とくにそう感じられた。

彼の若々しい体内いっぱいにたくわえられた熱い精液が、彼女の身体のなかへとほとばしるように注ぎこまれたことが、ありありとわかった。今日は彼はふだんにもまして激しくて、熱くて、おびただしかった。

　きっと、彼女はみごもるだろう。今日の彼の激しさが、きっと、彼女の内部で実を結ぶだろう。やがて、彼女にはかわいい子供が生まれるだろう。彼の子が……。

　彼女はふたたび幸福感に酔い、のどの奥でそっと声を立てた。あの瞬間のすばらしい恍惚がよみがえり、じっとしていられなくなったのだ。

　あのとき、どこか遠くで音楽が鳴っていたことを思い出す。何という曲なのか、彼女にはわからなかった。ただ、甘い、きれいな女の声がかすかに唄っていた。

　　わが身をまかせしあの日より……

遠い美しいコロラチュラ・ソプラノだった。そういう専門的な呼び名などは彼女は知る筈もなかったが、それでもその瞬間のとろけるような思いは心に深くとどめられたのだ。彼の抱擁、痛いくらいの彼の腕の力、ほとばしる熱い液体、気が遠くなりそうになりながら耳にした甘い唄声……。そのどれが欠けても、あれほどしあわせではなかったであろう。これほどにそのしあわせにひたりつづけたままでいることはできないであろう。

彼女はあのまま、寝床のなかでうとうとと眠りこんだと見える。

――気がつくと、彼の姿は見えなくなっており、唄声も音楽もやんでいた。静けさがあたりを充たしていた。

もう夕暮れが近いのか？　あの音楽はどこで鳴っていたのだろう？　彼女のいるところにまでかすかに聞こえてくるほどの距離に建っているマンモス団地の窓々の、どれか一つのなかで鳴っていたのだろう、実際、あそこにはいろいろな人間が住んでいるから。

もう一度、彼女は大きくのびをし、寝返りを打った。団地の人間たちのことなんか、べつにどうでもよかった。音楽や唄声がやんでしまえば、彼女の関心はそこにはまるきり向けられなかった。団地の人間たちを彼女は、どちらかと言えば、好まなかった。本当に、あそこには、どんなやつが住んでいるかわからない。あそこには油断がならない……。

彼女の唯一の不満、というより不安は、彼が彼女とちがって、平気であそこの人間たちとつき合っているらしいことだった。彼女が臆病で、人見知りをする性質なのに反して、彼は大胆で、人なつこくて、団地族なんか屁とも思っていないのかもしれなかった。そこが女と男とのちがいなのかもしれないし、彼が好きでしていることなら、彼女には何も口を挟む権利はないとわかっていたが、それでも、彼が散歩とか偵察とか称して、あのマンモス団地のなかへ平気で入って行くのを見送っていると、彼女の心にはかすかな不安が湧いてくるのだ。

（彼は好奇心が強すぎるわ。あんなところに出入りしないほうがいいのに。人間はあれだけたくさん集まると、とてもおそろしい存在になるのよ。彼とわたしとは二人きりでいいの。彼とわたしと、やがて生まれてくる子供たちとだけの世界を守ればいいの。でも、あそこの人間たちは……）

しかし、それ以上の何かの考えが彼女にできる筈もなかった。彼女の不安は、いつも、そこまでで終った。

余計な苦労はしまい。彼には彼のしたいようにさせておくほうがいい。彼は彼女を愛してくれている。冒険がすんだら、必ず、彼女のところへ帰ってきてくれるだろう。

彼女は納得し、ふたたび、うとうとと眠りに落ちた。さっき、彼がまちがいなく、かわいい生命の種子をそそぎこんでくれたおなかのあたりをぴったりと抱えこんで、それを守るように、あるいはいとおしむように全身を丸めながら――。

二

「猫が！　猫が！」

と、その団地の主婦が狂ったように叫んでいるのを、警官はしばらく黙って眺めていた。

その主婦の様子があまりに錯乱しきっていて、顔面は蒼白だったし、髪はふり乱され、眼は吊り上がっていて、叫んでいる言葉も自分で自分が何を口走っているのやらわかっているのかどうかと思われるような状態だったからだ。

こういうときは、まず、相手に言いたいだけ言わせて、ある程度まで冷静さをとり戻すまで待ってから、こちらの質問をするに限る。

「赤ん坊が！　赤ん坊が……！」

と今度は主婦はそう叫んだ。まるきり引きつれていて、言葉にもろくになっていないような叫びだった。

「何？　赤ん坊がどうしたって？」

団地のすぐ近くの交番の警官はその相手に首をかしげて見せた。

「赤ん坊が！　猫が！　猫が赤ん坊を！」

「何？　猫が赤ん坊をどうしたって？」

「猫が――猫があたしの赤ちゃんを殺したんです！　猫が！」

「何だって？」

警官はようやく、身を乗り出した。両手で、叫んでいる主婦の肩を抑えつけるようにした。

「まあ、奥さん、おちついて、おちついて。いったい、どうしたんです？」

「そ、それが――」

ふいに主婦は声をつまらせ、痴呆のような眼で警官を見上げたかと思うと、その眼を空に走らせて、その場に失神した。

「あ、奥さん！　しっかりしなさい、奥さん！　こりゃいかんな、おい、ちょっと誰か救急車を呼べ……奥さん、どうしたんです、しっかりしてください！」

騒ぎのてんまつがどうにかはっきりしたのは、それから小一時間もしてからのことだった。

血相変えて交番まで駈けてきて、立番中の警官に、

『猫が赤ん坊を殺した』

というようなことを口走ってから気を失ってしまったのは、そのマンモス団地の○号棟××号室の主婦だった。

警官の急報により、救急車やら本署からのパトロールカーやらがいろいろと駈けつけてきはしたものの、彼らにできたことは、まず、〝猫に殺された〟という赤ん坊の様子を見に行くことだった。主婦そのものはショックのあまり、交番の前でいったんは失神したが、すぐに意識を回復した。主婦としても、そのまま気絶しているには問題が重大すぎたのだ。

意識だけはとり戻しても、まだ依然としてひどい昂奮状態でいるその主婦をなだめなだめ、数人の警官とそして警察医とが○号棟××号室へと向かった。

すでに救急車やパトロールカーの到着を聞きつけて、近所隣の閑人《ひまじん》たちが何ごとならんとあたりをとりかこんでいた。まだ、どこの誰一人として、何が起こったのか、何が真相なのか、知る由もなかった。

「——さあ、奥さん、しっかりして！　早くなかへ！　赤ちゃんはまだ大丈夫かもしれないですよ」

しかし、主婦がふるえる手でドアを開け、警察医たちをなかへ案内し、一同が居間の一隅に置かれたベビィ・ベッドの上を覗きこんだとき——すでに赤ん坊は絶命していた。

警察医はすばやく、できる限りの処置を講じたが、やがて首を横に振った。

「可哀想なことをしました。もう少し早かったらねえ……しかし、これは明らかに窒息死ですね」

ぐんにゃりと息絶えた小さな身体——赤ん坊はまだほんの生後四、五ヵ月だった——をもう一度、ベッドに横たえ、その上をシーツでおおいながら警察医は言った。もちろん、すぐに検屍・解剖にまわさなくてはならないのだが、その小さすぎる死体をそんな目に会わすのはどうもあまりにもいたましすぎると考えているようだった。

「いったい、どうしたんです？　何か、『猫が殺した』というようなことを口走っていらしたそうですが、それはどういう意味なんですか？」

　主婦は呆然と警察医の顔をみつめていた。それから、気がついたように、あらためてわっと号泣した。警官があわててその身体を支えた。

「とにかく、御主人に知らせたほうがいい。ご主人は会社におつとめですか？　電話をかけましょうか？」

　すると、泣きじゃくっている主婦の声がいちだんとまた甲高くなった。

「やめて！　やめてください」

「え？」

「あ、あの人に知られたら、あたし、生きていられません！」

「そんなことを言っても——」

「大事な大事な、初めて生まれた子供だったんです。それをあたしの不注意からこんなことにしてしまって、あの人、怒りますわ、そりゃひどく怒りますわ。あたし、とてもあの人に言う勇気はありません……」

「それはまあ、あなたの気持もわかりますが、と言って御主人に知らせないわけにもいかんでしょう。

それに——まあ、おちついて、くわしい話をしてください。本当に猫がどうかしたとあれば、これはあなたの過失とばかりも言えない。さあ、とにかく、おちついて」

そこでまた、いちだんと激しく主婦はすすり泣いた。その泣き声の底に、ほんのかすかではあったが、人々の様子を、反応をうかがい見るけはいがあったのを、警察医も警官たちも気がつかなかった。あまりの悲しみとショックでこの女はとり乱しきっているとばかり思われたのだ。

みんながそう思った。そして、やがて急報により、勤務先から真っ蒼になって帰宅したその家の主人もそれは同じだった。

三

待ちに待っていた初めての子供。かわいい生後四ヵ月の女の子だった。

毎日、会社から伝書鳩のようにまっすぐに帰っては、子供をあやしたり寝顔を見守ったりしながら夜をすごすのが唯一の生きがいのようになっていた矢先だけに、良人《おっと》の嘆きと怒りは妻のそれをはるかに上まわったと言ってもよかった。

白布にくるまれて解剖に送り出されるわが子にとりつき、その手を無理矢理引き離そうとする警察医とのあいだにちょっとした騒ぎを起こしたのち、まだ若い実直そうな良人は、当然、妻に事のいきさつを話すように迫った。

「いったい——いったい、どうしたと言うんだ？『猫がやった』とか誰かが言っていたが、それはどういうことなんだ？」

「はい、あの……」

主婦はようやく気をとり直し、まだ蒼ざめた顔にふるえる唇ながら、説明しはじめた。その声は良人の視線に射すくめられて、唇よりももっとわなないていた。

「あたし、今日もいつものようにあの子をお昼寝させてから、その……その、台所でお皿を洗っていたんです」

「それで？」

「それで、いつものことで、あの子もすやすや寝ているし、べつに何の変わったこともないし、安心して洗っていたんです」

「――それで？」

「そ、それで……」

「それでどうしたんだ！」

「洗い終って、あの子の様子を見に行ったら――」

「見に行ったら？」

「あ、あの、猫が――」

「どこの猫が？」

「よくここら辺で見かける野良猫よ。この団地のなかを、しょっちゅう、うろうろ歩いている、あの大きな黒い……」

主婦の声は、そこでまたいちだんとふるえをおびた。

「そ、そいつがどうしたんだ？」

「ああ、そ、その大きな猫があの子の顔の上に――」

「何だって？」

「あの猫が赤ちゃんの顔の上にぴったりと乗っかっていたの！」

「――」

「ああ、あなた、ごめんなさい！　あたしの不注意でこんなことになって、こんなとり返しのつかないことになって！　ごめんなさい、申し訳ありません、許してください……」

またもや、ヒステリックな号泣。主婦は畳の上につっ伏し、身悶えして泣きつづけた。場合が場合だけに、その狂乱じみた嘆きようをとがめる人もいなかった。良人も警察医も警官たちも、ただじっと押し黙ってその姿を見守っているほかはないのだった。

ただ、良人の反応が少し気にかかった。若い良人は妻の話を聞くと、しばらく血の気のひいた顔をじっとうつ向けていたが、やがて、意外にしっかりした声でこう言ったのだった。

「――それで、その猫はどうした？」

主婦は顔を上げた。

「どうしたって？」

「どこへ逃げたんだおまえ、そいつを逃がしたのか？」

「え、ええ」

主婦はおびえたように良人を見上げ、うなずいた。

「ええ、あ、あたしが走り寄ったら、すぐにぱっととび下りて、逃げて行きましたわ」

「どこへ？」

「どこへって――その、ヴェランダのほうへ」

「ヴェランダのガラス戸、開け放しにしてあったのか？」

彼らの住む××号室は一階だった。

「ええ、だってこの季節にはいつもそうしているじゃありませんか？」

「――で、その猫はどこへ行った？」

「そう言われても、畜生のことですぐにものすごいスピードで逃げてしまったから、あたし、追うひまもなかったわ。それに、第一、赤ちゃんの様子を見るのが先で……」

「おまえが見たときは、もう、駄目だったのか？」

「ええ……もう、ぐったりしてしまっていて、いくら揺すぶってもどうしても、ぜんぜん……ああ、ごめんなさい、あなた……」

思い出したように、またわっと嗚咽。

「大体、これでわかりました」

警察医がとりなすように口を挟んだ。良人は腕組みをしたきり、すわりこんで石のようになっている。妻のほうはなおも畳の上につっ伏して泣きつづけている。警官も警察医も、なぐさめの一言でもかけてやるほかにすることはないのだった。〝犯人〟が猫では！

「いや、こう申しては何だが、こういうのは比較的よくあると言ってもいいことなんですよ。生れてまもない赤ちゃんの顔の上に猫が乗っかって窒息させたという事件は、たしか、これが初めてではないですよ。どういうものか、あいつらは人の顔の上に乗りたがるところがあるんですな」

「――――」

「よくあること、とも言えないけれども、しかし、これはまあ、大変な不運としか申し上げようのないことですな。しいて言えば、野良猫が上がりこんでくる可能性のあることを知りながらヴェランダのガラス戸を開け放して、赤ちゃんを寝かせたまま一人で何分間かほうっておいた奥さんの責任ということになりますが、しかし、それにしても、それほど不注意な行為というわけでもありませんしなあ。今頃の季節では窓や戸は当然、開けておくだろうし、赤ちゃんだって一人で寝かせておいて、母親が台所でしばらく水仕事をするなどということは、ちっとも珍しいことではないですからなあ……そうそうしょっちゅう、猫が入りこんできて赤ちゃんを狙うというようなこともないわけですし、いや、まったく、大変な不運というほかはありませんなあ……」

四

同情やなぐさめやかるい驚きの言葉を口々に残して、人々が立ち去ったあと、夫婦は部屋に二人きりになった。

彼らは呆然とそこにすわりこんでいた。いや、まだ二人きりになったわけではない。通夜の準備をしなくてはならなかった。近所隣の連中が、さすがにいたましい表情をあらわに見せて、次々と弔問に駆けつけていた。放心したような夫婦の様子をしごく当然のこととして、誰かれが二人に代っていろいろと立ち働いてくれていた。どこから連絡が届いたものか、良人の勤務先の連中や妻の友人たち、親類の連中も少しずつ姿をあらわしはじめていた。その誰もが顔見合わせて、口々に低く、

「猫が？」

「猫がねえ……」

「へえ、畜生ってやつは、ひどいことをしやがるものだねえ」

というようなことをささやきかわしていた。

好奇心の強い新聞記者も駈けつけていた。赤ん坊の窒息死というだけではたいしたニュースにもならないが、猫がやったとなると少しは値打ちが出るらしかった。

「奥さん、奥さん、すみませんが、ちょっと答えてください」

記者は主婦をつかまえて、話を聞き出そうと一所懸命になっていた。

「それ、今日の何時頃でしたか？　午後ですね？」

「はい、あのう……」

主婦は気の抜けたような、放心しきった表情で答えていた。うしろめたそうな様子が隠せずにいるのも無理がなかった。良人に対して、とにもかくにも、申し訳のないことをしでかしてしまったのにはまちがいないのだ。猫が赤ん坊の上に乗ったのを知らずにいたなんて！　不注意な主婦！　母親の資格になんと欠ける女！

「二時半頃でしたかしら――」

「時計は見なかったのですか？」

「ええ、でもねラジオをかけていましたの。ラジオを聞きながら、お皿を洗っていたんです」

そうか、この主婦はラジオに聞きほれていて、それで赤ん坊の様子をこまめに見に行くのを怠ったのか。

「ラジオで何をやっていました？」

「音楽でしたわ。あの、シャルパンティエの『ルイズ』のアリアだったと思います。あたし、クラシック音楽が好きで、それで夢中になって聞きほれていたんだと思うんです。でも、それが――それが

あんなことにつながるなんて！　あの、

〃わが身をまかせしあの日より……〃

のアリアに聞きほれていたことが、あんなひどいことにつながるなんて！」

それにまちがいはないのだった。この主婦も、たしかにそのとき、あの歌を聞いたことに嘘はないのだった。

「よし――！」

かたわらでこのやりとりを見守っていた良人が、突然、立ち上がった。

さっきまでよりもさらにいっそう、その顔は引きつっていた。眼はどこかうつろな空間に向かってひたとそそがれていた。

「どうしたの、どうなさったの？　あなた！」

主婦がさすがに、自分よりは良人の逆上ぶりを初めて知ったらしく、おろおろと声をかけた。

「――――」

良人はすぐには答えなかった。血走った眼であたりを見まわした。

きょろきょろと見まわしたその眼に、台所の一隅に吊してあった箒《ほうき》か、モップが映ったらしい。

「あなた、何をなさるのよ！　そんなものを持って、どこへ行こうとおっしゃるの？　あなた、ど、どこへ行くのよ？　どうなさったの？　あなた」

良人はいちいち答えてはいなかった。箒だかモップだかの一本をしっかりとひっつかむと、玄関のほうへ走り出した。主婦はそのあとを追った。居合わせた何人かの人々もそのあとを追った。

「あ、あなた、どこへいらっしゃるのよ！　何をなさろうって言うのよ！　あなた、あなたったら！」

「殺してやるんだ！」

と、良人は答えた。すでにモップの柄《え》を振りかざして〇号棟を走り出ようとしているのだった。

「何を、何を殺してやるとおっしゃるの？　え、あなた、ねえ、あなた、い、いったい、どうなさったのよ！」

追いすがる人々に、良人は答えた。きちがいのようにモップを振りかざして走りながらだった。

「その猫をだ、そ、その猫を必ず見つけて殺してやるのさ！　必ず、必ずおれはかたきを討ってやる、必ず討ってやる！」

そして、彼は団地の夜のひとときを狂ったように走り出して行った。誰にも彼を止めることはできなかった。そう、誰にもできなかった。

彼女は、恋人がねぐらから探し出され、引きずり出され、しっぽをつかまれ、逆さに吊されて人間たちに口々に糾弾されるのをぼんやり見守っていた。彼女には、何が何だか、いったい、何がどうなっているのか、さっぱりわけがわからなかった。彼女はただ、その大きな透きとおるような琥《こ》珀《はく》色の眼を見ひらけるだけ見ひらいて、事の成行《なりゆき》をみつめていることしかできなかった。

「殺してやる！　殺してやる！」

と、その人間の男は叫びつづけていた。手に長い柄のついた〝凶器〟を持って、そしてそれで彼女の恋人を暗がりから追い出したのだった。せっかく彼女と彼がじっと静かに、ふたたび、愛のいとなみを始めようとしている矢先に。

「こ、この猫よ！　こいつよ！」

と、人間の女が叫んでいる声も彼女は耳にした。

「この猫が――そうよ、この猫がうちの赤ちゃんを殺したのよ！　そうよ、そうなのよ、まちがいないのよ！」

その人間の女はいつまでも同じ言葉を叫んでいた。

彼女は呆然とそれを聞いていた。何一つ、彼女にはわかりはしなかった。ただ、たった一つだけ、どんな理屈も理由も抜きにして、彼女の本能に、そのもって生まれたままの脳裏に刻みつけられている事柄があった。それは、彼女がどう否定しようもないことなのだった。なぜなら、彼は彼女の恋人なのだったから。彼女は彼を愛していたのだから。

追い立てられ、吊り下げられ、ひっつかまえられて行く彼の姿を見送りながら、彼女はその一つの事柄を表現する言葉をなんとか見つけようとしていた。全身全霊でそうしようとしていた。

（ちがう、ちがうわ！　あんたたち人間は何も知らないのよ！　わたしの恋人はそんな目に会わされるようなことはしていない。何一つ、していない。そうよ、そうなのよ、これは何かのまちがいよ、大変なまちがいなのよ、あんたたちはわたしの恋人を誤解しているのよ！　お願いだから、早まったことをしないで！　彼の言い分を聞いて上げて！　ああ、でも、あんたたち人間にはわたしたち猫族の言葉なんか聞きとれやしないでしょうけれど、でも、ああ、お願いだから聞いて上げて！　わたしのあの彼は、あんたたちにそんなふうに責められるようなことは何一つしていない筈《はず》よ！　そうなのよ、わたしはそう信じているのよ！）

――だが、彼女が最後に見たものは、吊し上げられ、打たれ、引き裂かれている彼の姿だった。彼女はそれを団地の一隅の焼却炉のあたりで見たのだった。彼女自身は物陰に隠れていた。人間たちは彼女には何の関心も払わなかった。

彼らは、ただ、彼を見つけ出し、叩き、吊り下げ、そして、さらに彼がぼろ布のようになるまでぶちのめししてから、彼を焼却炉のなかに投げこんだのだった。ぼろ布のようになって血を流し、泣き叫び〝無実〟を叫びつづけている彼を。

そう、彼女の耳にはちゃんとわかったのだった。彼は最後の最後までこう叫んでいた。誰に聞いてもらえなくともかまわない、ただ、彼女にだけわかってもらえればそれでいいのだというように。

彼はこう叫びつづけて、そして死んだ。

(ちがう！　ぼくじゃない！　ぼくはそんなことはしない、赤ん坊の顔の上になんか乗っからなかった。ぼくはそんなことはしなかった、誓ってしなかった。信じてくれ、お願いだ、信じてくれ！)

でも、彼をぶちのめし、ぶちのめしつづけてから焼却炉のなかに投げこんだ人間たちには、彼のそんな言葉は一言だって聞き分けられはしなかった。彼らはただ、彼らが〝お仕置き〟をしている一匹の大きな黒い雄《おす》の野良猫が絶えず必死に抵抗しながら、ぎゃあぎゃあと大きな声で何事かを叫びつづけているのを見聞きしただけだった。

焼却炉から少し離れた暗がりの一隅で、もう一匹の猫が――一まわり身体の華奢《きやしや》な雌の赤猫がうずくまり、その光景をおびえたように、だが、なぜか一歩も逃げようとはせずに、じっと見守っていたことに気がついた者は一人もいなかった。

良人が狂ったようにその野良猫を叩きのめし、果ては血だらけのぼろ布のようになったそれを焼却炉にほうりこむのを主婦は呆然と眺めていた。

初め、その猫を首尾よくつかまえたときには主婦はどちらかと言えばほっとしたのだった。

(これで口実が立つわ……)

だから、良人に向かって、ここをせんどとばかり、その猫を告発したのだ。良人は猫をモップの先で何度か打ち叩き、そして解放してやるものと思っていた。

だが、逆上した良人はそんな生ぬるい折檻《せっかん》ではすまさなかった。良人がまるで、血に狂った復讐の鬼と化したようになってその猫にくり返しくり返し笞《むち》を振《ふる》うのを見たときになって、初めて、主婦の心に恐怖が湧いてきた……。

「やめて！」

と叫んで、主婦は良人の手にとりすがろうとした。

「そんなにまでしなくても！　そ、そんなふうにしたって、赤ちゃんは——赤ちゃんは生き返らないのに——」

「いいから、おまえは黙っていろ」

良人は主婦を突き放した。猫への憎悪、それを制止しようとした妻への憎悪すらいくぶんかはその眼に浮かべて、なおも何度も何度もモップを振り上げつづけた。

あわれな生き物がもはや悲鳴も哀訴も口にする力もなく、一片の血みどろの毛皮と肉と骨のかたまりに還って行くさまを主婦は呆然とみつめつづけていた。

解剖室のまんなかで、担当医はふと首をかしげた。

解剖台の上には、生後数ヵ月足らずの小さな死体がメスを入れられて横たわっていた。

（おかしいな？　……猫が顔の上に乗って息をふさいだという話だったが……）

赤ん坊は窒息死にまちがいなかった。しかし、それにしては、小さな咽喉にも気管にも肺にも、ひとすじの猫の毛も見当らないのだった。

（しかし……）

担当医はしばらく考えこんだ。煌々たる無影灯の下で、なおも小さな死体の内部を覗きこんだ。

五

彼女が孤独になってから、月日が過ぎて行った——。

もう、彼女の脳裏に彼の面影はそれほど残ってはいない。

彼や彼女の属している種属には、記憶とか追憶とか想い出とかいったような感情の働きはさほど活潑ではないのだ。彼と過ごした何日かの、幾夜かの甘い激しい陶酔感すら、もはや彼女は忘れ去ろうとしていた。

だからこそ、彼女は生きていられたのだ……。

ただ、その混沌とした、ときに空白の心のなかに、何かがまったく痕跡をとどめていなかったと言ったら嘘になった。

何かは彼女の心に残っていた。あの、鳴き叫びながら打たれて、血を流し、這いつくばり、息絶えて行った彼の姿。あの断末魔の声。彼女のほうに向かって必死に見ひらかれていた、あの最後の彼の眼。それらは、彼女の意識のどこかに深く刻みつけられ、ふしぎな謎と恐怖と悲しみにみちたイメージとなっていつまでもつきまとっていた。

ひとりぼっちの眠りからさめた昼下がり、彼女はそっと前肢の毛をなめて身づくろいしながら、その血みどろのイメージについて考えてみる。ひっそりと考えをめぐらせてみる。

――だが、それだけだ。彼女には何も知ることはできない。何も計画することはできない。彼女には何もわからない。

それよりも、今の彼女にははっきりと実感できることは、自分の腹のなかに新しい生命が芽生えたということだ。小さなものがたしかに彼女の内部で息づき、うごめき、育とうとしはじめているということだった。

彼女は満足だった。かつて、彼とともに寝たいっとき、満足だったと同じように。

この頃は体重もふえて、すっかり動作もものうくなっている。彼女はこのあいだまでのしとやかな若い女猫から、たっぷりと肉のついた、豊満な一匹のはらみ猫へと変貌していた。

何か、やわらかい、寝心地のいい寝床が彼女は欲しかった。恋をしていたときの狭くて暗い、ひややかなねぐらではなく、何匹かの赤ん坊を持った腹をゆったりと休めるための、居心地のいい寝床が。

彼女はそれを探していた。充分に大胆になっていた。みごもった動物につきものの鋭敏な警戒心とはべつに、彼女はすっかりおちついていた。子供たちのためであればどんなことだってできるだろう……そう、たしかに……。

（あのとき、あの嘘をつかなかったら、どうなっていただろうか？）

主婦は今なおおりおり、そう考える。そして、一瞬、悔いと自責の念にさいなまれる。あの雄猫の断末魔の様相が今もって頭から離れない。

あのあと、良人はせめてもの気がすんだのか、それとも自分で自分の異常な行為に驚いたのか、ふたたび元の温厚な良人に戻り、通夜の席も葬儀の席も、そしてそのあとの日々も、愛児を失った悲しみに沈んでいるごく普通の男として生活している。子供だって、また作ればいいさ、とまで言えるほどにおちつきをとり戻してもいる。

主婦は救われたのだ——あの猫のおかげで。

もし、真相を良人に告げていたとしたら、こうはすまなかったであろう。警察のほうも、あのあと、べつに何とも言ってこなかったところを見ると、やはり、あれでよかったのだ。おかげで助かったのだ。真相なんか、とても告げられない。（あのとき、あたしはお皿を洗っていたのではなかった。好きな音楽に熱中して、つい、うっとりとラジオを聞きつづけ、うとうととうたたねをしてしまったのだ。赤ちゃんはベビィ・ベッドに一人で寝かせてあった。何十分間か、あたしは様子を見に行かずにうたたねをしていた。あたしは安心しきっていたのだ。

赤ちゃんが一人で寝返りを打ってうつ伏せになっていたなんて！　枕に小さな顔を埋めこんで、そのまま息を詰まらせていたなんて！

あたしがもう少し早く気がついて、様子を見に行けばよかったのだ。もう少し早く……。

でも、あたしはあの『ルイズ』のアリアの美しさに聞き入っていた。夢うつつに聞き入っていた。はっと目をさまし、赤ちゃんのことを思い出し、何かおそろしい予感がしてベッドのところへ走り寄ってみたら、ああなっていたのだ……猫なんか乗ってはいなかった。猫はただ、ヴェランダの向こうを歩いて行っただけだった。猫はうちのなかへ入ってきさえもしなかった。

自分の不注意を、重大な不注意を、あたしはとても良人には正直に打ち明けられなかった。どうしても……どうしても……とっさに猫の話を思いつき、そしてそのおかげであたしは救われたのだ。でも、あの猫は……）

猫のことを考えると、さすがに主婦の胸には刺されるような良心の痛みが疼《うず》いた。何度も何度も疼いた。それはたしかだった。しかし――やがて、それも薄れた。

（たかが猫だわ……そう、たかが野良猫じゃないの）

良人を送り出したあとの昼下がり、主婦はうとうとといっときの眠りをむさぼりながら、自分をなぐさめる。赤ん坊が亡くなって以来、気落ちがしたせいか、以前にもまして眠たがりになってしまったと見える。まだ、次の赤ん坊ができるけはいはなかった。あの事件以来、良人は口では、

『また作ればいい』

とは言っているものの、やはり、虚脱状態がつづいているようだ。でももうそろそろ元気を出して、新しい子供を作る努力をしてくれなくては。

残暑の昼下がり。主婦はヴェランダのガラス戸を開け放ち、良人の夕食の支度にとりかかる前のしばしの安息のひとときをうとうとと眠りに落ちた。

赤ん坊がいなくなってしまったあとは、主婦にはそれしかすることがなくなったのだ。


その部屋のヴェランダのガラス戸が開け放されているのを見つけたとき、彼女は何ものかに惹かれるようにして静かにその部屋のなかに上がりこんだ。

彼女の足の裏のしなやかなゴム質は、まったく音を立てなかった。

その居間のまんなかにながながと横たわっている人間の女の姿を見たとき、その何ものかが彼女を誘った。彼女はゆったりと近づいて、その顔の上にぴったりとすわりこんだ。腹のなかに育ちつつある生命たちの重みも含め、彼女自身の全重量をかけて、ぴったりと。

ネコ

＊星新一

郊外の林の奥の家に、エス氏はひとりで住んでいた。いや、正しくいえば、ネコといっしょに暮していた。

高価な、毛なみのいいネコで、エス氏は心からかわいがり、なによりも大切にしていた。

ネコについての本を買いあつめ、なんども読みかえし、ほとんど暗記してしまったほどだった。ネコはどんな食べ物が好きなのかを研究し、毎日、それをつくって食べさせた。また、ちょっとでもネコが元気をなくすと、あわてて医者を呼びよせる。

多くの人は、夜になるとテレビをながめるものだが、エス氏はそれよりも、ネコの背中をなでるほうが好きだった。

ある夜のこと。

そとで、聞きなれないひびきがした。それから、玄関のドアにノックの音がした。

エス氏はネコと遊ぶのをやめ、ドアをあけてそとをながめ、首をかしげた。ドアをたたいたのは、手ではなかったのだ。

うす茶色をした細長いものだ。ワニのしっぽのようでもあり、タコの足のようでもあった。

「いったい、これは、なんのいたずらだ」

エス氏はそういいながら、相手をよく見た。だが、そのとたんに気を失った。

うす茶色の細長いものは、道具やオモチャのようなものではなく、そのからだの一部だったのだ。大きさは人間と同じくらいだが、形はまるでちがっていた。前から見たところでは、トランプのクラブのような形の生物だった。よこから見るとスペードの形ににていて、上から見るとハート型に近かった。一本足でとびはねているが、足あとはダイヤの形かもしれない。

うす茶色の長い一本の腕は、頭のてっぺんあたりからのびている。こんな生物が、地球上にいるわけがない。そう、遠いカード星から、はるばるやってきたのだ。

そのカード星人は、ドアをくぐって、なかに入ってきた。ネコはたいくつそうにねそべったまま「にゃあ」とないた。

それを聞き、カード星人は話しかけた。

「わたしは、どんな星のどんな生物とでも、テレパシーで話しあえる能力をもっています。学校で習って、身につけました。それでお話をしましょう」

ネコはなくのをやめ、テレパシーで答えた。

「あら、ちゃんと話が通じるわ。べんりな方法があるものね。ところで、見なれないかただけど、なんの用できたの」

「じつは、わたしはカード星の調査員でございます。ほうぼうの星々をまわり、平和的な星と、そうでない星との区別をし、記録をとっております」

「それで、ここへも立ち寄ったというわけね」

「はい、さようでございます。しかし、敬服いたしました。たいていの星の住民は、わたしの姿を見ると驚いて、わめいたり逃げたりします。だが、あなたは、おちついていらっしゃいます」

「いちいち驚くようでは、支配者の地位はたもてないわよ」

「これはこれは。あなたが、この星を支配なさっている種族でしたか。わたしはてっきり、そこに倒れている二本足の生物のほうが、支配者だろうと思いこんでいました。失礼いたしました。で、この二本足は……」

カード星人は、うす茶色の腕のさきを、気を失ったままでいるエス氏にむけた。ネコはあっさりと答えた。

「自分たちのことを、人間とよんでいるわ。あたしたちの、ドレイの役をする生物よ。まじめによく働いてくれるわ」

「どんなぐあいにでしょう」

「そうね。ぜんぶ話すのはめんどうくさいけど、たとえばこの家よ。人間が作ってくれたわ。それから牛という動物を飼い、ミルクをしぼって、あたしたちに毎日、はこんでくれるわ」

「なかなか利口な生物ではありませんか。しかし、そのうちドレイの地位に不満を感じて、反逆しはじめるかもしれないでしょう。大丈夫なのですか」

「そんなこと、心配したこともないわ。そこまでの知恵はない生物よ」

カード星人は感心して聞いていたが、変な形の装置をとりだして言った。

「まことに失礼なお願いですが、ウソ発見器を使わせていただけませんか。調査を正確にしたいのでございます」

「どうぞ、ご自由に」

と、ネコはめんどくさそうに答えた。カード星人は、器械の一部をネコの頭にのせ、いくつかの質問をした。

そして、いままでの話がほんとうかどうかを、たしかめた。また、平和的な心のもちぬしかどうかの点は、とくに念をいれて調査した。

「おそれいりました。このような平和的な種族が支配する星は、いままでに見たことがありません。どうぞ、いつまでも支配しつづけるよう、お祈りいたします」

「もちろん、そのつもりよ」

と、答えるネコと別れ、カード星人はぶかっこうな動きでとびはねながら、ドアから出ていった。それから、林のなかにとめておいた小型の宇宙船に乗りこみ、夜の空へと消えていった。

しばらくして、エス氏は気をとりもどした。こわごわあたりを見まわしながら、ネコに話しかけた。

「なにか見なかったかい。みょうな形をしたやつが、いたような気がしたが」

ネコはいつものように「にゃあ」とないた。

エス氏はうなずいて言った。

「見なかったというんだな。そうだろうとも。うす茶色で、クラブの形をした生物など、いるわけがない。なにかの錯覚だったにきまっている。なあ、そうだろう」

エス氏はまた、ネコの背中をなではじめた。ネコは、なにごともなかったように「にゃあ」となくだけだった。

ねこんしょうがつ騒動記

＊あまんきみこ

「ねこんしょうがつ」ってしっていますか。

この耳なれない言葉を、私に教えてくれたのは福岡の小さな料理屋の、年をとったお手伝いさんです。

その時いっしょに食事をしていた友達が、じつに楽しい人たちで、愉快なことを、次から次にいうので、私の顔はゆるみっぱなし、笑ってばかりいました。

その時、そのお手伝いさんが、私のそばで料理の皿をだしたり片づけたりしていたのですが、とうとう笑いだしていったものです。

「ねこんしょうがつのごたる、ねこんしょうがつのごたる」

って。

そのアクセントがやわらかく、その言葉だけ、ひょいと耳にとびこんできて、くるくるっとまわって、沈んだような気がしたものですから、私はたずねました。

「あのう、ねこんしょうがつって、どんなことですか」

「ねこんしょうがつ、あああ、猫の正月《しょうがつ》ですたい」

と、その人は、まだ口元をおさえて、笑いながら答えました。

「猫？　あの猫の正月？　ははあ」

私はもういちど、目をまるくしてききました。

「じゃあ、ねこんしょうがつのごたるっていったら、猫の正月のようだ、でしょう？　て、ことは？」

「そりゃ、猫には、正月がないでっしょうが。だから、そんなことはない、御冗談を、ちゅうことですたい」

なあるほどねえ、おもしろいなあ、いいなあ、いい言葉だなあ――と、私は、すっかり感心しました。

そこで、その晩、うちに帰ると、こたつで眠っていた、猫のゴロウタを起こして、さっそくいいました。

「ちょっと、ゴロウタ、しってる？　ねこんしょうがつのごたる、って」

ゴロウタは、片方の目を五ミリほどあけて、へえ、と、いって、その目をとじました。そして、私が、もう一回おなじことをくりかえしてきくと、こんどは反対の目を六ミリほどあけてから、

「へえ、……あしたの朝まで考えます……」

というと、スカスカねいきをたてだしました。

さて次の朝、ゴロウタはもういませんでした。

「またか」

夫は渋い柿をかじった時のような顔をしました。その頃ゴロウタは、夜中すぎに遊びに出かける悪

いくせがついていたのです。

「このまえ、注意したばかりなのにな」

そのゴロウタが、うす汚れた茶色になって帰ってきた時は、もう昼を、とうにまわっていました。

「ただいま。おはようございます」

こたつで編物《あみもの》をしていた私は、あきれていいました。

「おはようございますって？　猫の時計って、まだ朝ですか？」

すると、ゴロウタはすまして左の前足をあげてみました。そこだけ、ちょうど腕時計をはめているような、白い輪の毛なみなので、ゴロウタは、それがゴジマンなんです。

「そうですよ。おや、人間の時計はもう夜ですか」

「やねえ、夜のはずないでしょう」

と私がいうと、ゴロウタはニャアとわらって寝そべりました。そしていいました。

「だって、おかあさん、そろそろおネムになる時間じゃないですか」

――いやなゴロウタ。

その時、私は、昨夜のことを思いだしました。

「そうだ、そうだ。ゴロウタは朝まで考えるとかいっていたけど、ねこんしょうがつのこと、わかった？」

はあ？

あんのじょう、ねこのねの字も、覚えてはいなかったんですよ。

「これがわかったら、そうはのんびりしていられないんだから」

私はくすくす笑いました。

「ねこんしょうがつのごたる、って、言葉の意味がわかったらね」

「ねこんしょうがつのごたる？」

「しらないでしょう？　あんたは生まれも育ちも、福岡じゃないもんね。今年、いっしょに引越してきたばかりだもんね。いい？　ねこんしょうがつってのは、猫の正月よ。ごたるは、ようだ、でしょう？　で、全体の意味は……、あり得ないことでしょう、とか、冗談でしょう、とかだってさ。つまり、あっははは。福岡じゃ、猫の正月はないんだそうよ」

「なんですって？」

ゴロウタはすわりなおしました。

「そんなばかな」

その時、もう少しで正月がくる時だったものですからね。そしてその年も、ゴロウタは、お飾りの「にらみ鯛《だい》」を失敬《しっけい》しようと、とても楽しみにしていたのです。私はちゃあんとしっていましたよ。

「だって、きのう教えてもらったばかりよ。まだ教えてもらいたてのホヤホヤなんですからね」

ゴロウタは不安をおしかくすように、二度三度、まばたきをして、天井をななめに見あげました。

そしておそるおそるいいました。

「じゃあ、犬の正月は、どうなっているんでしょうか」

「そりゃあ、あるわよ。ないはずないわ」

私は嬉しそうに、へたなアクセントでいいました。

「いぬんしょうがつも、きつねんしょうがつも、たぬきんしょうがつも、みんなあるとに、まあ、気の毒なこつ。ねこんしょうがつだけ、なかとね」

すると、ゴロウタは電気にしびれたように、ぶるるっと、身ぶるいしました。そして、ニャンともいわず、茶の間から台所にぬけて、外に飛びだしていきました。

「ゴロウタ、ま、まってよ」

私があわてて外に出たときは、もう、その辺には、茶色の影さえありません。高い空で、北風がごおっと、音をたてて過ぎていきました。

ちょっとだけ、私は悪いことをしたなあ、と思いました。でも、そうだわ、ゴロウタが帰ってきたら、いぬんしょうがつは、ねこんしょうがつのごたるね、っていってやろう……、と思いつくと、またおかしくなって、けらけら笑ってしまいました。

ところが、その日、ゴロウタは帰ってこなかったのです。

「ははあ。よっぽどショックだったんだぞ」

と、夫がいいました。

「そうね、どっかで泣いてないといいけど、ゴロウタって、根は繊細で気弱なんだから」

と、高校三年の娘がいいました。

「そうかなあ。おかあさんのこと、ぷんぷんおこってるかもしれないぞ」

と、高校一年の息子が笑いながらいいました。

そして、どういうわけかゴロウタは、次の日も次の日も、帰ってきませんでした。近所にも、あちこちたずねてまわりましたが、すこしずんぐりした茶色のあのすがたを見かけたという人は、なかったのです。鼻のつまったような、へしゃげた鳴き声をきいたという人もいませんでした。

いったい、どこへいったのでしょう。


とうとう大晦日《おおみそか》になりました。

その年、福岡では、その日に初雪がふったのです。

大晦日。なんと忙がしい慌《あわただ》しい日でしょう。

朝から、私は娘と、台所でこまねずみのように立ち働いていました。たった二畳ぐらいしかない台所は、湯気《ゆげ》でいっぱい。それに、さまざまな匂いが混っています。

あるだけの鍋を、大きいのも小さいのも中ぐらいのもだして、黒豆を煮たり、きんとんをつくったり、ごまめに、からあげ、煮つけに、酢のもの……。

それに、そう、玄関や床の間に、まだ花をいけていません。ばけつに入れたままなのです。早くいけなくては――。買物も、まだ忘れたぶんが残っています。ええと、飾りものの半紙。ティッシュもたりなくなるかもしれない。刺身をたのんでおいたから、あれも魚屋さんにとりにいかなければ……。

息子は、二階の窓ガラスふきをしています。

夫は年賀状をかいています。せめて、きょう、全部だしてしまわなければ……。

私は、夫にたのみます。

「年賀状すんだら〝お飾り〟をしてくださいね。お屠蘇《とそ》の味見もお願いします」

また息子にもいいます。

「窓ふきのつぎ、庭の掃除してね。それから魚正《うおまさ》さんにいって、お刺身もらってきてちょうだい。お金は払ってあるから」

　また、娘にいいます。

「その照り焼きがおわったら、ゆで卵を白身と黄身にわけて、裏漉《うらご》しにしてちょうだいな。例の梅もどきつくるんだから」

　私は、かぶを菊の花に切っています。昆布も結ばなければ。それから、辛子《からし》醤油《じょうゆ》につけこんでいた肉をだして、……あら、数《かず》の子《こ》の水もかえないといけないわ。それから、蓮根《れんこん》を切って、牛蒡《ごぼう》をささがきにして、あらら、寒天《かんてん》も、早く水につけてもどしておかないと……。

　私は、娘の名まえをよびます。

「このぎんなん、少しずつでも、からを割っててね」

　ええ、それから、ソーセージに牛肉をまきつけるのもしないと……くるくるまわって働いている私と娘は、何回もぶっつかります。

　すると、こんどは娘がいいます。

「おかあさん、ミンチにまぜる玉葱《たまねぎ》がないよ。どこ？」

「あ、外、外」

　私は、自分が勝手口から外にでて、窓の枠にぶらさがっている玉葱を、一個ずつはずしました。

　雪が舞うようにふっています。

　隣の屋根も、もう、まっ白になっていました。

　二つめの玉葱を、ひもからはずし終わった時、私は、はっとしました。かすかに、猫の鳴き声がしたのです。

ゴロウタ？

私は見まわしました。

と、また、一声《こえ》、二声《こえ》……。

私は、両手に玉葱をにぎったまま、門のほうにまわりました。道路にでると、雪の中を、茶色の猫が、むこうに走っていくのが見えました。

「ゴロウタ？」

と、私はよびました。猫は立ちどまり、ふりむいて、また走りだしました。

ゴロウタより細い気もします。でも、痩せたのかもしれない……。私はむちゅうで追っかけました。

「まって、ゴロウタ」

猫につづいて、左にまがると、つきあたりに古い大きな家があり、その玄関に、茶色のしっぽがすうっと中にはいるのが見えました。その先が、炭をつけたような黒毛だったので、なあんだ、と、私はおもいました。ゴロウタのしっぽは、茶色だけですから。

ところが、がっかりして帰ろうとした時、すぐうしろから、甲高い声がしたのです。

「早くはいってくださあい」

「は、はい」

といったとたんに、玄関のドアがあき、私は、黒猫といっしょに——それは黒猫の声だったんですよ——中にはいりました。

ふあああ……

そこは、いきなり、教室を二つあわせたような広間になっていたのです。

そして、猫、猫、猫……。

五十ぴき、いえ六十、いえいえ、百ぴきもいたでしょうか。たくさんの猫が、輪をかくようにすわって、なにか話し合いをしているようです。
二、三びきの猫が、私を見ましたが、べつに驚いたふうもなく、じき、三毛《みけ》猫のほうを見ました。三毛氏が話していたのです。
「ええ。でありますからして、飾りもちは、昨年より直径二センチばかり小さいのであります……、諸物価高騰《こうとう》のおりから、みなさんも、それぞれ自粛《じしゅく》していただきたいのでありまあす……」

ひとりだけ立っていると背が高すぎるので、私はしかたなく、壁ぎわのすいているところにすわりこみました。その時になって気がついたのですが、私はまだ、両手に玉葱を一つずつにぎっていました。

「次は、元旦《がんたん》のあつまりについて、係からお伝えします」

こんどは、ぶち猫のぶち氏がいいだしました。

「ええ、猫族にとりまして、〝一年の計《けい》は、元旦にあり〟ですから、明朝、生《なま》ぐさいものは、食べてこないように……、初日をおがんでから、式をとりおこないます……」

そこで私は、ねこんしょうがつの打ち合わせ会じゃないの、とはじめて気がつきました。それにしても、猫というものは、いがいに古典的なのね、はあん、一年の計は、元旦か、そんな感覚が、こちらはだいぶなくなったなあ……。

つぎに、黒猫の黒《くろ》氏が立ちあがっていいました。

「ただいままでのことについて、質問、および提案のあるかた。そのほか、どなたでも、どうぞ」

　すると、猫たちは、片手をあげてから、いろいろなことを言ったり、質問したり、答えたりしはじめました。その間、私はきょろきょろして、ゴロウタを探したのですが、どうにもわからないのです。近眼だからわからないのかしら。

　私はいつのまにか、手をあげていました。

「はい、そこの御婦人」

　猫たちがいっせいにふりむいたので、私の顔は、首のあたりまであつくなりました。そして、少しだけ、えへらえへらしてしまいました。

　すると、ぶち氏がいいました。

「今、たしかに、片手をあげられたように見えましたが」

「はい、あげていました」

　私は、うなずくと、おもいきっていいました。ゴロウタを探して、ここまで来てしまったのですが、この中に、ゴロウタはいないでしょうか、と。

「ゴロウタさん？　姓は、なんですか」

「青木です」

　と、私はこたえました。

「青木ゴロウタさん、青木ゴロウタさん」

　と、ぶち氏はよびました。

　が、猫たちは、お互いにお互いの顔を、見まわすだけでだまっています。

「ははあ、いませんね。家出ですか？　いなくなった原因はわかりますか」

　そこでまた、私は話しました。福岡の猫には、正月がない、といったことを。

「すみません。みなさんが、こんな打ち合わせまでなさっているなんて、知らなかったものですから」

　すると、ぶち氏は、おうようにいいました。

「あやまることなどありません。私たちにとっては、人間にどう思われていようと、言われていようと、関係のないことですから。問題なのは、私たち自身が、どう思うか、どう話すか、ということです。ではありませんか？　え、御婦人」

　私は何回もうなずいて見せました。まったく、猫というものは、たいしたものです。

「では、この中に、青木ゴロウタさんをしっているかたはいませんか」

　と、黒氏がいいました。

「あたし、しっています」

　かわいい声がして、まっ白なすらりとした猫がたちあがりました。

「あの日――、そう、三日前ですが、私たち、よもぎのはらで遊びました。それから、つぎの日も、また会う約束をしたんです。なのに、ゴロウタさん、こなかったんです。あたし、あんまりだと思って」

　白嬢《しろじょう》の目に涙がひかりました。私はあわててさえぎりました。

「いいえ、うちのゴロウタは、簡単に約束をやぶるような子じゃありません。何か深い事情があったのですよ」

「その時、この家の集会の話は伝えませんでしたか」

と、白嬢にこうたずねたのは、三毛氏でした。

「ええ、しってられると思ってたし、それに、いっしょにこようと思ってました」

「なるほど」

と、三毛氏はうなずいてから、またいいました。

「じゃあ、ゴロウタさんが、その約束のことで、あなたの家にいったとしたら、連絡のとれる状態でしたか？」

「あ、いいえ。だって、あたしんち、あたししか通してくれないシェパードが、三匹もがんばっていますから」

「ふむ、ふむ。……さて、これはなかなかの難問題です。ところで、御婦人、あなたは、正月に関しての歌を、はなうたまじりで、何回かうたうことはありませんか」

「あります、あります」

と、私はうなずきました。

「それを、ゴロウタさんも聞いていますか」

「ええ、いつも味噌に蓋《ふた》をしてくれる役目なんです」

猫たちが、いっせいに口を三角にあけて笑ったので、私はまた、首すじまであつくなりました。

「では、それもヒントになりそうです。どうか、うたってみてください」

「私が？」

猫たちがうなずきました。

「ここで？」

猫たちがまたうなずきました。私は困ってもじもじしました。すると、横からぶち氏がはげましてくれました。
「大丈夫ですよ。味噌の蓋はしまっていますから」
猫たちが、手をたたきました。
そこで、私は一生懸命にうたいだしました。
「お正月がごーざった
どーこまでごーざった
神田までごーざった
何《なん》に乗ってごーざった
　ゆずりはに乗って
　ゆずりゆずりごーざった」
「東京のほうの歌ですね。ほかにありますか」
と、三毛氏がいいました。
そこで、また私はうたいました。
「正月さァん　正月さん
どォこまでごォざった
くるくる山《やあま》の下《しいた》までごォざった
お土産《みやげ》なァんだァ
かややかァちぐり　みかんにこんぶ

　繭玉《まいだま》ふってごォざった」
「はあ、これは、富山のほうの歌ですね。ほかは、どうですか」
と、三毛氏がまたいいました。
私はうたいました。
「正月は　ええもんだ
　赤《あーか》いべべ着て、羽子《はね》ついて
　ゆずりの葉のよな餅《もち》食《く》って
　雪《ゆーき》のようなまま食《く》って
　木《こ》っぱのような魚《とと》添えて
　正月は　ええもんだ
　正月　がーつがつ
　がーつのとーこへ行ったれば
　芋煮《いもに》て　隠《かく》いて
　かァぶら煮《に》て　つき出《だ》いた」
「こりゃ、愛知のほうの歌ですね。おかしいな。御婦人のふるさとは、いったいどこですか」
三毛氏はけげんそうに、白いひげをぴくぴく動かしてそうたずねました。
　ふるさと……
　私の胸は、じいんとしめつけられました。辛い言葉を、ここできかれるとは思いませんでした。でも、答えないわけにはいきません。

「あのう、私ふるさとがないんです。もし、生まれて育ったのが、ふるさとだとすれば」

「…………」

相手がだまっているので、私はしかたなく言葉をつづけました。

「いぜんに、満州《まんしゅう》とよんだ国が、海の向うにあったのですが、そこに生まれましたから」

「ああ、あれですね」

猫たちがいっせいにひげをさげて、いやな顔をしました。

「あちらでは、ひどい事をしたそうですね。われわれの教科書にも、きちんと記録されています」

私はうつむいて、身を小さくしました。

「いやいや、これは失礼。これはべつの問題でした。なに、あまり正月の歌が、あちこちの地方、混っていましたからね。いや、失礼。生まれるということは、お互いどうにもならないことです。しかし、どうにもならないということで、ものごとは、解決できませんがね」

これは、大変なことになってきた――。私は、たれていた頭をもっとさげました。

すると、黒氏や三毛氏や、ぶち氏たちの話が聞こえてきました。

「こりゃあ、やっぱり、あの猫ですたい」

「まちがいなかね」

「なんと、ま、おもいきって、でかけたもんたい」

「やれやれ。でも、えらかよ。うん」

――まあ、……なにかあてがあるのかしら……私はそっと顔をあげました。

と、黒氏たちはやさしく私にうなずきました。

ぶち氏が説明をはじめました。

「いや、じつはお正月さんのところから、きのう速達がきていましてね。それに、猫が一ぴき、正月もらいにきていることが書いてあったのです。はじめまさかと思いましたが、あれはゴロウタさんですよ」

私はほっとして、うれしくて頭の芯がくらくらしました。

「ゴロウタさんは、あすお正月さんといっしょに、ゆずり葉にのって帰ってくるでしょう。われわれは、たとえまちがえたにしても、福岡のねこんしょうがつをもらいに行ってくれたゴロウタさんを、心から歓迎します。それから、御婦人のおたくにも、はやく顔をだすようにすすめておきますから……」

私は猫たちに、ていねいに礼をいいました。そして、ねこんしょうがつのために、できることがあればなんでもいたしますが、といいました。すると、三毛氏たちはていねいに辞退してからいいました。

「ところで、さっきから気になっているのですが、その玉葱は、なにかにお使いになるのではないでしょうか」

とたんに、私はぎょっとしました。いっぺんになにもかも思いだしたのです。

大晦日で、てんてこまいの家の中のことを。

——しまったあ!

私はぺこんとおじぎをすると、とびだしていきました。

走る、走る。

けんめいです。夢中です。

私は玉葱を両手にしっかりにぎって、あえぎあえぎ走って帰りました。

こんなわけで、私のうちは大晦日の料理もかたづけも、なにもかも、元旦までかかりましたよ。

〝一年の計は、元旦にあり〟

ゴロウタがゆずり葉にのって、さっそうと帰ってきた時、わが家のみんなは疲れ果てて、ぐっすりねむっていました。

え？

夫や娘や、息子に、私がしかられなかったかって？

そりゃあもう……、

どうかそれまでは、ここでいわせないでください……。

誘拐者たち ＊ 仁木悦子

一

「どうする？　ええ？　浩介《こうすけ》よオ」

シンはまゆを八の字に寄せ、くちびるをとがらせて言った。見かけによらず気の小さいとこがあるので、半分泣きべそをかいている。谷沢クリーニング店——すなわちシンの家——の裏二階の彼の勉強部屋だ。

「ぎゃんぎゃん言ったって、しようがねえじゃねえか。すこし黙ってろ」

口では怒ったものの、おれだって実のところ泣きたかった。

六万円は、おれたち高校生にとっては大金だ。半分ずつとしても三万円。スイス製の腕時計でもハイファイのステレオでもぽいぽい買ってもらえるブルジョアの息子ならいざ知らず、しがないサラリーマンのおれのとこ、洗濯屋のシンとでは小づかいの高も知れている。質屋へ、とも考えたが、いとこのお古のウクレレぐらいじゃ、いくらにもなりはしないし。

「あーあ。あいつのドリームなんか借りるんじゃなかった。大体おまえが悪いんだよ、浩介」

シンが、また泣き声を出した。

「うるせえって。——泣きごと言ったって金が出るわけじゃねえしよ」

　ことの起こりは、シンが浜崎のオートバイを借りようと言いだしたのに始まる。浜崎はおれたちの中学時代の同級生だが、あまり出来のよくなかったシンよりもさらに成績のわるい怠け者だった。金さえ積めばはいれる私立の高校にはいり、以来遊び歩いている。スリルとスピードとなんとかには、てもなくしびれちまうほうで、特にオートバイときたら目がなく、その免許だけは感心に持っている。最近、繊維会社の重役をしている親父にねだってドリームＣＤ三五〇のぴっかぴっかのやつを買ってもらい、シンとおれにみせびらかした。おれたちだって、かっこいいものは好きだ。ことにシンはオトキチだから、よだれが垂れんばかりの顔だった。シンは高校を出たら進学はしないでクリーニング店を継ぐ予定なので、いまから店の手伝いで、オートバイの免許ももっている。でも、シンが乗りまわしているぼろのスクーターじゃ、新品のドリームとは比べものにならないのは当然だ。

「一時間でいいからよオ。頼むよ」

　シンは浜崎をおがみ倒してオートバイを借りた。ゆうべのことだ。

　おれたちは、そいつを近くのＫ川の堤にもって行って代《かわ》る代《がわ》る乗った。おれは実のところ免許はもってないが、機械いじりは好きだし、ときどき内緒で友だちのに乗せてもらうので、走らせ方ぐらいは知っている。だれもいない闇の中を爆音をとどろかせてつっ走るのは、胸がずーんとくる思いだった。このいかす感じは、親父たちには到底わかりっこない。

　そこまではよかった。何回目かにおれが乗ったとき、目の前を不意に白いものが横切った。ネコだった。急ブレーキをかけた瞬間、おれは持ちこたえきれなくて転倒した。とっさにとびおりた——のか、はじきとばされたのかわからないが、車の下敷にならなかったのがめっけものだった。車のほうは、クラッチ・レバーがひん曲り、あちこちに無惨なすり傷ができてしまった。

「できちまったことはしゃあねえや。するだけのことをしてくれりゃ、人に言わねえでやるよ」

浜崎は案外怒らないでそう言った。が、その「するだけのこと」というのがつまり六万円だったのである。修理代にそんなにかかるわけはないのだが、

「修理したって、もとの車にはならねえ。こいつ売っ払って買い替えるから、差額だけもてよ」

と言うのだ。確かに、修理して乗れるようにしたところで二度とあのぴっかぴかに戻りっこないことだけは間違いない。ほんとに新しいやつと買い替えるのか、それともそれは口実で小づかいを巻きあげる気なのか。多分あとのほうだと思うが、おれとしては無免許で乗っていた弱味があるし、第一ひとのものを壊して先方の言うとおりの弁償もできないと言われては、プライドが許さない。かといって三万円はない。親父に泣きつけば何とかならないことはあるまいが、どんなに怒られるか想像しただけでうんざりして、とても話す気にはなれない。サラリー袋は封を切らずにおふくろに渡し、その中から六千円もらって一ヵ月の昼食代とタバコ代に当てている。マジメ人間のサンプルみたいな親父なのだ。

「いっそ店の金、くすねてやっか」

シンが、捨てばちな調子で言った。

「でもよオ。三万紛失したら、おまえんちの親父、警察を呼ぶぜ。泥棒にはいられたと思って」

「そんならどうしろってんだよオ。あーあ、ついてねえなあ。三億円も一ぺんに盗んだやつがいるって世の中なのによ。どっかの赤ん坊でもさらって身代金要求するか。六万円ならどこの親だって出すだろう」

シンのその言葉が、おれの頭にあるアイディアをひらめかせた。

「シン。おまえ、店のお得意さんに何とかいう億万長者の婆さんがいるって言ったなあ。そら、外交官の未亡人とかで——」

「梅山さんだろ。ひとり暮らしなのに、土地だの株だのうなるほど持ってるって話だよ。八十すぎた婆さんで、みっともねえ縞のネコ一匹飼って、なめるみてえに可愛がってら」

「それだ！」

おれは手を打ち合わせた。

「浩介。おまえ、強盗に——」

シンは、おびえた目でおれを見た。

「強盗じゃねえよ、誘拐だ」

「誘拐？　あの婆さんを？　駄目だよそいつは。——婆あだから力も弱いし抵抗もできねえだろうが、あの婆あには、心配して身代金を払おうなんて親切な家族はいねえよ。孫だかなんだか別んとこに住んでるっていうけど、婆さんが死んでくれりゃ財産がころげこんで有難《ありがて》えくらいのもんだと思うよ。だいたい、いやな婆あなんだ。お高くとまりやがってさ。こないだも、ふすまの中から家政婦に『なに？　洗濯屋の小僧かい？　この前持って来たシーツ、うっすら汚れがついてたから洗いなおしをおさせ』なんて言ってやがる。あんな婆あを誘拐したって——」

「だれが婆さんを誘拐するなんて言った？」

「え？」

「だれが婆さんを誘拐するって言ったよ？　誘拐するのはネコだ」

「ネコ？」

「婆さんが可愛がってるっていうネコだよ。だいたい今度の一件は、最初っからネコに縁があらあな。ともかくそのネコをさらっちまうんだ。金がうなるほどあるんなら五万や六万の身代金は惜しまねえと思うな。あるいはそのくらいの額の懸賞金つけて、新聞広告を出すかもしれねえ。子供の誘拐はこっちも気がとがめるし、騒ぎも大きくなってやばいけど、ネコならな」

「しかしよオ、浩介。あいつはどう見てもシャムとかペルシャとかっていう血統書つきのやつじゃねえぜ。そういうやつなら五万も十万もの価値があるだろうけどよ、あいつときたら、タヌキみてえな面《つら》しやがった、ただの薄汚ねえネコだぜ」

「そこがいいんじゃねえかよ。警察とか世間とかってのは浅ましいもんで、十万のネコだと言ったら大騒ぎするけど、ただの駄ネコと聞いたら婆さんがいくら騒いでも笑いものにするだけで本気になって捜査はしねえ。あつらえむきじゃねえか」

「やっぱし頭のいいやつは違うよ。まったくあの婆あの可愛がり方ときた日にゃ『キ』の字どころか『キ』の字の三乗だからなあ。こう甘ったるい声だして『メリイや、メリイや』とか言ってさ」

「メリイという名かい？」

「ああ。『わたくしも年でございますから、いつ死んでも心残りございませんけど、そのあとだれがこの子の面倒をみてくれますかそれが心配で。——外国のかたがなさいますようにこの子に遺産を残してやればと考えているんでございますよ』なんて隣の奥方に話してたよ。畜生。あの婆あにとっちゃ、洗濯屋の小僧なんかあのタヌキネコのしっぽの値打ちもねえんだろうよ。あったまにくらあ」

シンは本当に頭に来てるとみえて、口惜しそうに口をひん曲げた。

「まあよ。その仕返しもついでにできらあな。ところで、そうと決まったら計画を練らなきゃならねえな」

二

　春休みというやつは、宿題もなく気候も快適で一番のんびりした休みだ。シンとおれは、今度はおれの勉強部屋にこもって計画を練った。

「いったい誘拐罪ってのは、めっかったらどういうことになるんだい？」

　シンが心配するので、おれは親父の本箱から古ぼけた六法全書を抜き出して来た。

「えーと、ここだ。刑法第二二四条『略取誘拐』未成年者ヲ略取又ハ誘拐シタル者ハ三月以上五年以下ノ懲役ニ処ス」

「ネコは未成年者じゃねえやな。それとも未成年かね？　二十歳にはなってねえだろうから」

「黙って聞けよ。第二二五条『営利誘拐』営利、猥褻又ハ結婚ノ目的ヲ以テ人ヲ略取又ハ誘拐シタル者ハ一年以上十年以下ノ懲役ニ処ス」

「だれがネコと結婚するんだい。ばかばかしい」

　おれたちはうんざりして法律の研究はやめてしまった。

「それよか、そのメリイとかいうネコは、どういう場所が好きなんだい？　庭先で日なたぼっこなんかするんだろ？」

　おれが聞いた。なにしろおれはそこの家の様子がわからないんだから、万事シンの知識を頼りにするほかない。シンは、すこし心細そうに考え考え、

「その点ちょっと問題があるんだ。だいたいそのネコは、外には出さねえんだよ。うちんなかだけで飼ってるんだ」

「うちのなかで？　ウンコなんかどうするんだ？」

「よくわかんねえけど、空箱に砂かなんか入れてあんじゃねえかな。夏なんか開けっ放しのときには、出て行かねえように細く銀色のくさりでつないであるよ」

いくら可愛がられているか知らないが、くさりでつながれたネコなど果して幸福だろうか？　もっとも子ネコのときからつながれていれば本人、ではない本ネコは別に何とも思わないかもしれないが。

――どっちにしろ、おもてをうろついていないとすると、誘拐は少々難事業になりそうだ。

「しかしよオ、浩介。おまえネコを盗んで来たら、どこに置いとくつもりだ？　殺しちまうのか？」

「まさか。――うちの物置きに飼っとくよ。妹のやつがやっぱりネコ気違いの三乗だから、あいつに世話させるさ」

おれの妹の昌子は中学一年を終ったところだ。ちょうど春休みでうちでごろごろしているから都合がいい。

「で、その婆さんは本当にひとり暮らしなのか？　家政婦がいるんだろう？」

「昼間だけ通《かよ》いで来てるんだ。確か一週間に五日来ると言ってた」

「婆さんは家から外には出ねえのか？」

「庭や近所は散歩してるが、遠くへは出かけねえようだな。元気は元気だけど、なんてっても八十だからな」

おれたちは、あらゆる角度から計画を検討した。区立の図書館に行ってネコの習性も調べたし、実地検分も何回か行なった。問題の婆さんとネコも見た。婆さんがネコを抱いて庭を散歩しているのを垣根のすきまからのぞき見したのだ。婆さんは完全な白髪で、和服に帯をきりっとしめていた。長めの顔はしわくちゃだが、頭をまっすぐに立ててあごを突き出したところは高慢ちきなほど堂々として、いつかテレビでやったロシヤの芝居の貴族の婆さんみたいな感じだった。ネコのほうは、ありきたりの灰色と黒の縞になったネコで、シンの言ったとおりタヌキに似ていた。二十センチもあるかと思う長いしっぽをくるっと巻いて抱かれている。首には、赤い皮に星形の飾りを並べた上等の首輪がはまっていた。メリイというから牝《めす》なのだろう。

「おおよちよち。お風が寒《ちゃむ》くなってきたから、おうちにはいりまちゅか」

婆さんはネコの顔をのぞきこんで言っている。すこし離れたところからのぞいていたシンが、顔をしかめてみせた。

準備が万端整ったので、決行は春休みにはいって最初の木曜日と決まった。梅山の家の家政婦が日曜と木曜に休むことをシンが聞きだして来たのだ。

その日、昼食をすますと、おれは自転車で家を出た。うちのおふくろは去年から近所の文房具店に働きに行っている。一日おきのパートだが、入学進学のシーズンは店が忙しいので、今月一杯は特に頼まれて毎日出かける。口うるさいことを言われないで助かるというものだ。

「にいちゃん。早くネコ持って来て」

妹の昌子が見送りながら言った。妹にだけは、

「友だちの一家が旅行するので、そのあいだネコを預かることになった」

と話しておいたのだ。

商店街を出はずれ、保健所の前を通り、橋を渡ると雑木林の田舎道に出る。T字形になった角に小屋にはいったお地蔵さんが立っている。その前でシンは黒いボストン・バッグをさげて待っていた。乗って来たスクーターが、やぶの中に目立たないようにかくしてある。

「おまえのほうも、忘れものないか？」

聞かれて、おれは上着のポケットをたたいてみせた。

「じゃ、行ってくる」

シンをそこに待たせておいて、おれは歩きだした。シンは「洗濯屋の小僧」として顔を知られているので、ネコを盗み出す仕事はおれの役目にした。その代り、ちょっとした品物を買うのや、ネコを飼っておく間の食いぶちはシンが負担することに決めたのだ。

竹やぶと植木畑の間を抜けると梅山家の家の横に出る。たびたび偵察に来たので、今では様子がかなりよくわかっていた。丸く刈り込まれた庭木が所せましと植わっている庭の奥に家がある。家政婦を勘定に入れても二人と一匹しかいないのに、四人家族が住んでいるおれの家より三倍も広い。隣の家との境いは竹を並べた塀だが、道路に面した東と南は生垣になっている。最近流行の金網や木のさくが全然使ってないのは、年よりの好みなのだろう。お寺なんかによくある小さな屋根のついた門が東側にあって表札が出ているほか、庭のすみっこのところに木戸がある。木戸は内側に釘をさして閉めてあるが、生垣のすきまからボールペンをつっこんで持ち上げるとかんたんに抜けることを、おれたちは発見していた。

生垣ごしに、なかの様子をうかがう。ガラス戸のしまった縁側に例のネコの姿が見える。赤い座ぶとんをしいて丸くなって寝ているが、しめきってあるのでつないではないらしい。

婆さんの姿が見えないので、おれは念のため家のまわりをまわってみた。婆さんは裏庭にいた。いけ花に使う大きなはさみを手にして花を切っていた。すうっとした枝に黄色い小さい花がいっぱいついている木だ。婆さんは、正確にいえば、これから花を切ろうとしているところだった。ということは、いましばらくは家にはいらないで、この場所にいるということだ。おれは足早に木戸のほうへひっ返した。

　万一ということを考えて手袋をはめ、木戸の釘を抜き取ったとき、だれかやって来た。おれは、しゃがんで靴のひもを結びなおすふりをした。やって来たのは紺の服を着た集金人らしい男だった。「まずいな」と思ったが、男は梅山の家はすどおりして行ってしまった。おれは急いで木戸からなかへはいった。縁側に近づき、音をたてないようにガラス戸をあける。座ぶとんの上のネコは、めんどくさそうにまぶたをあけ、首をあげてこっちを見た。家のなかだけで飼われているためか、戸があいてもすぐにとび出そうとはしない。見慣れないおれの姿を見ても逃げる様子もなく寝そべっている。

　おれは、靴のままひざ立ちして縁側に上り、ネコを抱きあげた。鳴き騒いだりひっかいたりするかと思ったが、案に相違してネコは何も言わなかった。その代り、目を輝かし、鼻を激しくひくつかせて、おれの服に体をこすりつけ始めた。「なるほど、あれか」とおれは思った。おれのポケットの中には薬局で買って来たマタタビの粉がはいっているのだ。クラスのネコ通《つう》の女の子に聞いたところによると、ネコはマタタビがばかみたいに好きで、それをなめると丁度《ちょうど》人間が酒に酔っぱらったときのように、陶然となったり、ふらふらしたり、前後不覚に寝てしまったりするという。なかには全然反応を示さないやつもいるそうだが、それはまあネコの下戸《げこ》というわけだろう。メリイは幸い上戸《じょうご》のほうとみえて、においをかぎつけただけで大変な興奮ぶりだった。

おれは用意の布ぶくろを手早くひろげ、中にマタタビの紙包みを落しこんだ。おれが手をくだすまでもなく、メリイは自分から布ぶくろの中に頭をつっこみ、紙包みを噛み砕きはじめた。布ぶくろを持ち上げると自然にすとんと中に落ちこむ。予想以上にぞうさがなかった。

　おれはガラス戸を半分あけたまま、ふくろをかかえて木戸から出た。釘をもとどおりひっかけてから手袋をぬいでポケットに入れた。布ぶくろの中ではメリイがのどをごろごろ鳴らしている。マタタビを夢中でなめているらしい。実は鳴き騒がれたときのために、口にはめて頭のうしろで結ぶ口輪まで布きれでこしらえて来たのだが、その必要は全然なかった。

　お地蔵さんのところまで来ると、シンがそわそわしながら待っていた。

「成功だ！」

　おれは、かかえていたふくろを軽くたたいた。ふくろがもくもく動いた。

「おい、ボストンあけろ、早く」

　シンにボストンをあけさせ、ふくろごとネコを押しこむ。ふくろのまま持ち歩くと動くのが見えるので、人に怪しまれては困る。かといって大きなボストンをぶらさげてひとの家の庭にはいって行くのはこれまた目だちすぎるので、第一段は布ぶくろ、第二段はボストンと使い分けることにしたのだ。

　駐車場の裏手の人の来ない空地で、ネコの首輪を取りかえることにした。梅山家のメリイだということが一目でわかるのでは困るからだ。

「気をつけろ、逃げるぞ。そろそろ少しずつあけろ」

　でもメリイは逃げなかった。目をとろんとさせて、こっちの手といわずひざといわず頭をすりつける。マタタビにすっかり酔っぱらってご機嫌なのだ。赤い皮の首輪をはずし、代りにシンが持って来た色のあせた緑色のリボンを結んだ。

　家の近くでシンと別れ、物置きにネコを運びこむ。昌子がこおどりして、

「わあ、かわいい。なんて名前？」

「名前？　なんだったかな。――そうだ、ポン子ってんだ、ポン子」

「へんな名前」

「へんなこともあるもんか。タヌキに似てるからポン子だ。――おい、絶対逃がしたり、よそのうちに連れてったりしたら駄目だぞ。アルバイト料、前金でもらって預かって来たんだからな」

　物置きのすみにひもでつなぎながら、おれは何度も妹に念を押した。

三

　いや、それからが大変だった。おれはネコというやつがこんな厄介な動物だとは知らなかったのだ。メリイは、よいの口まではどうやらおとなしくしていた。使わないでしまいこんであった古い蓄熱型の電気アンカを温めて、置いてやったら、その上に丸くなって眠っていた。昌子が煮干やチーズをやると喜んで食べ、ちょっとのあいだ外に連れ出したら、ちゃんと土を掘ってウンコもしたという。

　夕方帰って来た親父とおふくろは話を聞いてしぶい顔をしたが、おれの春休みのアルバイトだと言うと、まあしばらくならと承知してくれた。ネコは事実もう「預かって」しまったのだし、「友だちの一家は旅行に出発して」しまったのだから、承知しないわけにはいかないのだ。

　家中の者が床《とこ》につくころになって、物置きのメリイが鳴き始めた。はじめのうちは遠慮がちにニャア、ニャア言っていたが、そのうちのども裂けんばかりに鳴き叫び、そこらじゅうをひっかいてあば

れはじめた。マタタビの酔いがさめたらしい。

「浩介、どうするのよ。うるさくて眠れやしないよ」

おふくろがたまりかねて起きだして、階段の下から苦情を言った。おれは懐中電灯を持っておりて行った。

「やかましいぞ。静かにしろ」

どなりつけるとちょっと恐縮したように目を細めたが、すぐにのどを鳴らしてすり寄って来た。蓄熱型アンカはすっかり冷えきっている。いままで毎晩婆さんに抱かれて寝ていたのだろうから、寒さと寂しさで狂い騒ぐのも仕方がないかもしれない。物置きの中の何かの空箱だった段ボールが、ネコの爪でずたずたに破られて散乱していた。

やむを得ずおれはメリイを抱いて二階に戻った。かけぶとんのすそのほうに載せておいて寝床にもぐりこんだ。枕もとのスタンドを消す。と、そのとたん、生あったかい毛皮がほっぺたにさわったので、もうちょっとでとびあがるところだった。メリイのやつ、おれのえり元から寝床の中にもぐりこもうとしているのだ。おれのことを婆さんと間違えてやがる。と思うと、いまいましいやら気持がわるいやらだが、六万円の種のおネコさまとあっては粗末には扱えない。おれは、かけぶとんをすこし持ちあげてやった。ネコはするすると体を長くして滑りこみ、慣れた様子でおれの横っ腹に頭をのっけて眠ってしまった。うっかり寝返りをうつとネコを下敷きにしそうで気が気でなく、おれはなかなか寝つけなかった。

やっとうとうとしたと思ったとき、どこかで「ぐっぐっぐっ」と変な物音がしはじめた。おれのふとんの中でネコが妙な声をたてているのだとわかるまでには少々時間がかかった。驚いてふとんをはねのけると、ネコはのそのそと畳の上にはいだし、まだぐっぐっと言い続けている。あわててあかりをつけたのと、ネコが「ぐわっ」とゲロを吐いたのと同時だった。

「この野郎！」

おれは泣きたくなった。メリイは、吐くだけ吐いて、けろんとした顔ですわっている。昌子が煮干を食わせすぎたのか、それとも二日酔いだろうか？

このままにしておくわけにもいかないので、おれは古新聞やいらない紙きれを寄せ集めて、ネコの吐いた黒っぽいどろっとしたものを片づけにかかった。なまぐさいいやなにおいで、こっちまで吐きたくなってくる。

「おい、しっぽ邪魔だ。どけろ！」

おれが怒ると、メリイはすまして長いしっぽをぷりんと振った。「しっぽ」という言葉がわかるらしい。ためしに、

「しっぽ振ってみろ、おい」

と言うと、またぷりぷり振る。へんなネコだ。

朝になると昌子がネコのもりを一手に引き受けてくれたので、おれはやっとほっとした。婆さんはどうしているだろう、様子を見に行こうか、と思ったところへ、シンがせかせかとやって来た。

「おい、いいぞ。うまくいきそうだぜ」

「それどころじゃねえよ。ネコのおかげでゆうべっからひでえ目にあいどおしだ。今夜はシン、おまえが預かれ」

「怒るなって。どっちみち、そう長いことネコの面倒みることはねえよ。婆さん、がらにもなく泣い

てやがるって話だぜ」

　シンが梅山家に洗濯物を届けに行くと、家政婦がネコのいなくなった話をしたそうだ。

「ガラス戸が半分あいてて木戸がちゃんと閉まっていたっていうからねえ。メリイちゃん、ひとりでどっかへ出かけて迷子になったんだと思うわ。値打ちのあるネコならともかく、メリイなんか盗まれるはずもないしね。ご隠居さまは『わたしがガラス戸を閉め忘れたからだ』っておっしゃって、ご飯もあがらないで泣いていらっしゃる。お気の毒だから、あんたご用聞きに歩くついでに人に聞いてみてよ」

　という具合だったらしい。

「いいぞ、いいぞ。今夜あたり脅迫状を届けようぜ。婆あ、うーもぐーもなく六万円出しやがるよ」

　シンははしゃいでいるが、おれは何となく気が重くなってきた。飯も食わずに泣いているという婆さんが気の毒な気がしたのだ。しかし、仏ごころを出している場合ではない。おれはシンとふたり部屋にこもって脅迫状をつくりにかかった。脅迫状などというものは、ばかみたいな文章だと思っていたが、いざ書いてみると案外むずかしい。すごみをきかせようと思うとテレビマンガみたいなこけおどしの文句になるし、センスよくやろうとすると脅迫感がなくなってしまう。シンは、こういう作業にはさっぱり頼りにならないので、おれは一人悪戦苦闘して草案をつくりあげた。

「ネコは預かっている。あす土曜日の午後三時、金六万円を地蔵さまの背中のうしろに置くように。警察はもちろん近所の者や家政婦にでも話したら、ネコは戻らないと思って欲しい」

　という内容だ。

「新聞の活字を切り抜いて貼るほうが、本ものの脅迫状らしいぜ」

とシンが言うので、そのようにした。なるべくありふれた白い封筒に入れ、三角定規を使って「梅山様」と書いた。

夜、九時半ごろ、おれは自転車で家を出かけた。親父とおふくろと妹は茶の間でテレビを見ていた。メリイは昌子のひざの上にちょこんとすわっている。昌子がむやみと可愛がって放そうとしないのと、ネコのほうも人なつこくて、まるで昔からの自分の家のような顔をしているのとで、物置きにつないで飼う予定がいつのまにかこういうことになってしまった。親父もおふくろも、そんなに動物ぎらいというほうではない。ことにメリイはおとなしいネコで、しっぽ振りの芸もしてみせるので結構気に入られてしまったようだ。今夜は多分昌子が自分の寝床に入れて抱いて寝るだろう。

梅山の家の近くまで行くと、むこうから一人の男が歩いて来た。やりすごしてから郵便受に脅迫状を入れようと、おれはスピードを落とした。ところが男は梅山家の門の前で足をとめ、なかにはいって行ってしまった。

「どうしようか？」

おれはゆっくりペダルを踏んで門の前を通り過ぎながら考えた。門灯の光でちらと見ただけなのでよくはわからないが、四十歳ぐらいの眼鏡をかけた紳士だった。まさか婆さんがネコを探してもらうために刑事や私立探偵を呼んだとは思えないから、親戚の人かなんかなのだろう。どっちにしても、男が来ているときはまずい。男性は理性的だし、あんな縞ネコ一匹屁とも思っていないに違いないから、この脅迫状が目に触れたら、ちゅうちょなしに警察に届けるだろうことはまず間違いない。

しばらく待ってみたが、男は出て来なかった。窓にあかりがついて話し声がしている。おれは今夜のところは断念することにした。この道は昼間でも人通りのすくないほうだから、あすの昼間だって脅迫状を入れようと思えば入れられるのだ。

翌朝、おれはポケットに脅迫状をしのばせて、もう一度梅山の家に出かけた。

お地蔵さんのところまで来たとき、サイレンが聞こえて一台の救急車がおれを追い抜いて行った。

婆さんの家の前に人だかりがしていた。人だかりのなかにシンがいた。スクーターのハンドルに手をかけて立ちどまったまま、婆さんの家の家政婦と何かしゃべっているのだ。

「どうした？」

近づいて声をかける。シンは、ふり返るなり、興奮した表情で、

「婆さんが自殺した」

と言った。

「なに？」

「自殺したんだ。婆さんが」

梅山家の家政婦は、すっかり動てんして、顔を涙でぐしょぐしょにしていた。五十すぎの気のよさそうな女だ。

「今日わたしが来てみたら、ご隠居さまが、かもいで首を吊っておいでだったのよ。小づくえを踏み台にしてね。メリイちゃんがいなくなったのを、それは悲しんでおいでだったから。……きのう『メリイをみつけてくれた人に十万円のお礼をするというビラを作らせて配ろう』とおっしゃっていたんだけど、そんなことをしても駄目だと悲観なさったんでしょうよ。……すぐそばの茶ダンスの上にいけてあったレンギョウの花びらが、畳の上やら小づくえの上に散っているのが、まるでご隠居さまをお葬いしているような具合でね。……メリイちゃんがいなくなったちょうどそのとき、ご隠居さまは

その花を切っていらっしゃったんだって。……そんな因縁のある花なので、よけい……よけいこう、胸がつまって……」

おれの手足が震えだした。その場にいたたまれなくなって、急いで自転車を返した。百メートルくらい来たとき、シンがスクーターで追って来た。顔を見あわせたが、ふたりともしばらくは何と言ったらよいかわからなかった。

「畜生」

シンが吐きだすようにつぶやいた。

「なんだって死んじまいやがったんだ、婆あ。もう一日待てばネコもけえしてやったんだし、おれたちも金が手に入ったのに。……なあ浩介よオ」

おれには答える気力がなかった。金の件もだが、婆さんがネコのことを嘆いて首をくくったという事実が、おれの心をぶちのめしていた。自殺するほどと知ってたら、いくら何でもネコを盗んだりはしなかった。これではおれたちが殺したのと同じじゃないか。

うちに帰るとおれは、脅迫状をできるだけ細かくひき裂いてゴミバケツに入れてしまった。メリイの赤い首輪は、これもはさみで粉みじんに切ってトイレに捨てた。うちあたりの便所はまだ水洗じゃなくてバキューム・カーが吸い取りに来るやつなのだ。星形の金具やびじょうは、自転車で畑や林の中を走りながら一つ一つばら撒いて来た。

四

脅迫状は処分したが、おれの気持ちは安らがなかった。「取り返しがつかない」というのはこういうことを言うのだと初めてわかった。

シンは婆さんが自殺したことについては何とも思っていないらしく、金を取り損ったことだけを口惜しがり「気の早《はえ》婆あだ、気の早え婆あだ」と繰り返していた。

おれは、やはりあの金は親父に泣きつくよりないと心を決めた。月曜日、おれはその相談にシンのところへ行った。

「仕方ねえなあ。おれもそうするか。しかし怒られるだろうなあ親父に」

ちょうど配達から帰って来たシンは、また泣きべそをかいて言った。

「谷沢ドライ・クリーニング」と金文字で書いたガラス扉を押して、女のお客がはいって来た。梅山家の家政婦だった。

「これ、クリーニングじゃなくて、プレスだけして欲しいの。大急ぎでね。夕方四時ごろまでに出来るかしら？」

焦茶のズボンをカウンターの上に置く。

「出来ますよ。お届けすればいいんですね。だれのズボンですか？　これ」

シンが聞いた。

「和泉《いずみ》町の旦那さま――っていってもわからないだろうけど、ご隠居さまの孫にあたる方よ。きょうはお葬式でフロック・コートを着ておいでだけど、夕方から会社のご用で人にお会いになるので、それまでにきちんとしておかなければならないのよ。わたしがアイロンかけましょうかって言ったんだけど、わたしのしたんじゃお気に召さなくてね」

最後のところはいまいましそうにつぶやいて、家政婦は出て行った。

「あのおばちゃんも、婆あが死んじまっちゃクビだな。まあ家政婦の勤め口なんて捨てるほどあるけどさ」

シンは手慣れた様子でズボンのほこりを払い、ポケットとすその返しのなかのゴミをはたき落とした。黄色いものが、ゴミにまじってひらひらと床に落ちた。花びらだった。

なぜあのとき、おれの頭にあんな考えがひらめいたのか、いまだにわからない。もしかすると、おれはあのまえから、ほとんど無意識にある疑問をもっていたのかもしれない。梅山の婆さんが、十万円の懸賞金でネコを探そうと言っていながら、それをしないであっさり首をくくってしまったことに対して。——確かにそれは、シンの言うとおり、年寄りにしては「せっかちすぎる行為」だった。

ともかく、あの考えがおれの頭にひらめいたのは、そのときだったのだ。

「シン。梅山の婆さんが死んだのは金曜の夜だったな。なん時ごろだか聞いていないか？」

突然のおれの質問にシンは目をぱちぱちさせた。

「なん時って、十時とか十時半とかって言ってたぜ。十時と十時半のあいだと言ったっけな」

おれはいきなり外にとび出した。自転車のペダルを踏むのももどかしく家政婦のあとを追った。追いついた。

「和泉町の旦那さま」と呼ばれる男の顔だちや体格について尋ねる。

「そうねえ。四十ちょっとすぎで、体格のいい、眼鏡をかけた方よ。四角ばった顔のね」

おれが、おとといの夜、あの家の前で会った男に違いなかった。

死んだ婆さんの孫——といってももう四十二歳である製薬会社の経理課長をしている梅山敏文は、

警察の取り調べにあって犯行を自供した。彼は会社に付属している研究所の副所長と結託し、研究費の中から千二百万円もの金を無断借用して、自分たちのもうけになる投資に運用していた。だがそれがばれそうになったため、あわてて梅山の婆さんのところへ来て借金を申しこんだ。おとといの晩のことだ。ところが婆さんは、いなくなったネコのことを嘆くばかりで、とりあってくれない。梅山の心に不意に殺意が湧いた。婆さんはほかに肉親がないので、遺産は全部彼のものになる。たまたま婆さんは傷心の最中で、自殺にみせかけるにはもってこいだと考えた彼は、婆さんの鼻や口を抑えて気絶させ、かもいにぶらさげた。そのとき、茶ダンスの上にいけてあったレンギョウの花に触れたため、花びらが畳に落ち、その一つがズボンの折り返しにはいったのだ。

　自殺に擬装した殺人事件を高校生たちが推理解決したというので、おれたちは新聞に載るやら、テレビのワイド・ショーに呼び出されるやら、てんてこまいだった。おれとしては盗まれたメリイとおれのうちにいる縞ネコとが結びつけられやしないかとびくびくだったが、警察もマスコミも、その点にはおかしいほど無関心だった。ただテレビに出たとき一度、司会者から、

「亡くなったお婆さんは大変なネコ好きで、ネコがいなくなったのを悲しんでいたそうですが、どんなネコだったんです？　シャムネコですか？　それともペルシャネコ？」

　と尋ねられて、ぎくっとしたけれど、

「さあ知りません。ふつうのネコだったようです」

　と答えたら、

「そうですか」

　で、すんでしまった。シャムやペルシャでないただの駄ネコなら世間の関心をひかないだろうとい

う最初からのおれの考えは、正しかったわけだ。

　浜崎に弁償する金は、結局すこしずつでもアルバイトして返すという約束で、シンとおれと両方の親父が半分ずつ出してくれることになった。おれたちが新聞やテレビに出るという騒ぎで興奮している最中だったので、思ったほど怒られないですんだ。

　おふくろは、

「おまえこのところいやにネコに縁があるねえ。ネコをよけそこなってオートバイを壊したり、お友だちのネコを預かるアルバイトをしたり、ネコ好きのお婆さんの事件を解決したりさ」

　と言っておかしがった。これはもちろん何も気づかないで言っているのだから問題ないが、例のネコの始末をどうするかという一件は、おれの新しいひそかな悩みの種になった。

　ある夜、妹の昌子がおれをかげに呼んで、

「にいちゃん。あたし、ポン子返すのいや。友だちに頼んで、うちのネコにしてもらってよ」

　と言いだしたときには、めんくらった。

「そんなこと、ママが承知しないぞ」

　と言うと、昌子は首をふって、

「ママにはもう頼んだわ。パパにはママから頼んでくれた。にいちゃんの友だちが、もしかくれるって言ったら、ポン子飼ってもいいって」

「ほんとか、おい？」

「ほんとだってば。――パート・タイムに行ってると、どうしてもあたしがお勝手なんかしなきゃならなくなるから、ママこのところ、あたしには低姿勢なのよ。ねえ、にいちゃん。にいちゃんの友だちだって、ネコ返せなんて言わないわよね。ねーえ？」

昌子は、にやりと気持ちのわるい笑い方をした。どうしてわかったのか知らないが、昌子は、うすうす真相を感づいているらしい。おれはかぶとを脱いだ。

メリイのポン子は、こうしてわが家のネコになった。立派な赤皮の首輪ではないが、昌子がレース糸で編んだ赤い首輪をしてそこらへ遊びに行き、夜は昌子に抱かれて寝ている。あれほど可愛がられた婆さんのことなど思い出すふうもないあたり、全く不実なネコだ。が、これでまあよかったとおれは思っている。自分が死んだあとメリイがどうなるかだけが心配だと言っていた婆さんにとって、これ以上の供養は多分あり得ないに違いないから。

猫の泉＊日影丈吉

一

ヨンの町へ行ったのは、何月ごろだったろうか。旅行中も、ノートなどしない物臭さのせいで、忘れてしまって、わからなくなったことが多い。シャツの胸にローライコードをぶらさげ、上着を抱えて歩いた記憶があるが、夏ではなかった。ほかの記憶に結びつけて考えてみると、あべこべに、たしか冬の季節だった。

　とにかく、日本に帰ったら、ささやかな写真展でもひらくつもりで、さかんにパチパチやっていた時代で、みぞれ空のパリをたって、南仏《ミジ》をまわっていた。そう。マルセイユの港を写してから、汽車でニースへむかったのだ。

　ニース、カンヌ、モンテカルロなどは、だれでも行きたがる有名な避寒地だが、実は、あまり行きたくなかった。素寒貧の孤独な旅行者など、見むきもされない土地柄だし、どうせろくなことはないだろうと思ったからだ。派手な社会《モンド》にでも写欲がうごくようなら、まだしもだが、背中をむきだしにした女には興味がなかった。

　だいたい私は風景写真か、でなければ動物しか、撮ったことがなかったのだ。人間は苦手だし、人間をうまく写せるほど充分に、専門家とはいえない腕前だった。ほんとうに写欲の湧く人間に出会ったら、足がふるえて、とてもレンズをむけるどころではなかったろう。

私は人間がこわかった。何故、私は、写真家になるつもりだったのか。もちろん、写真家として、成功したいとも、できるとも、思っていなかったのに。つまり私には、あの小さな暗箱を通して、存在するものを見るのが、気やすかったからなのか――たぶん、そうだろう。が、でなかったら――われわれの社会のすきまに侵入し、充塡していながら、われわれの気づかない非人間的なもの――いいかえれば、われわれがその存在のすきまに侵入し充塡しながら、その本質に気づかないもの――を、血のかよわぬ眼球を通して、探しもとめていたのかもしれない。

こういうと、ちょっとえらく聞えそうだが、別に気負った気持があったわけではない。ただ、その当時、だれかが私のカメラを指さして――それをのぞいてみたって、そんなものが見えるはずはないよ。存在するものが、というより、視角にはいるものが、存在するだけだよ――と、いったとすれば、私は反対しないまでも、やはり頑固な微笑をまもっていたに違いない。

私には自信にちかいものがあったのだろう――残念ながら、いまではもう、よくわからないのだが――その頃の私は、形而上学的な問題のようなものを、視界からカメラで切りとってこられると、信じていたらしいのだ。

求めているものに狙いをつけ得たと信じて撮った写真も何枚かあった。もっとも、私の器械のマガジンが収得したものは、ヒースで蔽われたつまらない丘であったり、まるでひとつのマッスに見える煉瓦と漆喰の家の聚落《しゅうらく》であったり、他人の眼から見れば、取材者の考えたようなものは、何ひとつつみとめられない、ただの写真にすぎなかったかもしれない。

遺憾ながら当人の私にも、その頃の私が、事実、カメラを通して、他人の気づかないものを見ていたことを、証明する方法がない。現在のこっている二、三枚の作品を取りだしてみても、われながら、何がおもしろくて写したのか、わからないような、凡庸なスナップにしか見えないのだ。が、だからといって、その頃、私が真剣に考えていたことが、完全なナンセンスだったとも思えない。すくなくとも、その頃、私の考えていた方法論は、二、三の断片を独立してながめた感じで、あらわせるようなものとは違っていたはずである。

とにかく、私がひとつの構想——というよりは、やはり方法論というほうが正確のようだが——を持ち、それをなんとか物にしようと考えていたのは事実で、その時の旅行も、だいたいその目的にそって、スケジュールを組んだつもりだった。

以上のような理由から、ランデヴーと呼ばれるような人間くさい土地に、私が食指を動かすはずはないので、リヴィエラなどへ行くよりも、最初の旅程には、アルルが入れてあったくらいである。ローマ遺跡のあるアルルや、ローヌ河口の荒蕪地帯のほうが、私のもくろみに合う対象であった。だが、後者の一部はなんとか写せたが、アルルのほうは割愛しなければならなかった。というのは、パリをたつ直前に、急にある人にたのまれて、ニースで、ある男に会わなければならなくなったからだ。私にも、たのんだ人にも同国人の、大学教授だが、学者のくせに勲章を持っている、えらい人で、ぜひ会って意向を伝えてくれというのだ。

用事は、何月頃パリへ来てくれというだけなので、私の考えでは充分に手紙ですむ程度のことだが、たのんだ人には絶対にそれではいけない、きみがその地方へ行くのなら、ついでもあるし、ぜひ直接会って、意を尽してくどくようにと、まるで私の義務のようにいわれたのである。

気の弱い私は、いつもつまらないことを、うやむやに、ひき受けさせられてしまう。そして一度、首をたてに振ると、今度はもう逃れられぬ義務のように感じて、それをすませるまでは、気が落ちつかない性分なのだ。

パリの知人とうちあわせた日程で、私はニースへ行き、日本から来た学者がとまっているはずの、埠頭《ジュテ》ホテルへ行ってみた。パリからその宿へ電報を打って――いついっかに私が行くから、会って直接、話をきいてくれ――と、いっておくというので、安心して行ったのだが、あいての男はもう、そこにはいなかった。二日前に、お立ちになりましたという支配人《ジェラン》の返事だ。

そういうくらいだから、たしかに学者はそこに泊っていたのだし、パリの知人が電報を打たないわけもなかった。が、えらい学者は、私達とちがって、いそがしいスケジュールで旅行をしていたのか、それとも私やパリの知人の都合などは、かれにとって問題ではなかったのだろう。

こういう馬鹿げた目には何度となく会っているから、それほど驚きも憤慨もしなかったし、その男に会わずにすんだのは、かえってしあわせだったと、考えなおすこともできた。私はすぐにその立派なホテルを出て、海岸をぶらぶら歩きながら、どこか裏町のキャッフェでもさがして、安いイタリヤの葡萄酒でも飲みながら、これからどうするか考えようと思った。

私はしばらくベンチにかけて、海をながめた。その辺の海は愛想がよすぎて、写欲をそそらなかった。が、私は南仏《ミジ》の陽光の中にすわりこんだのだ。やはり、それは日暮れまで人を動けなくする力を持っていた。日が暮れたら、甘藍巻《スーファサム》でも食って、この町を去ろうと考えていると、私はふいに話しかけられた。モール人のように色のくろい鼻の高い男が、いつの間にか、となりにかけていた。

「あなた、ポルトガル人ですか」

「いいえ、日本人です」

「ああ、日本《ジャポン》……」

男は、鼻眼鏡ごしに眼を細めて、私の顔をみつめた。グールモンの「仮面の書《リーヴル・ド・マスク》」に載っている、詩人のジャン・モレアそっくりの顔だった。

「あなたはギリシャ人ですか」

「いいえ、わたしはマントンの者です。釣道具を買いに来たんです。帰りの汽車を待ってるんですよ。あなたはご滞在ですか」

「これから、パリへ帰るか、それともアルルへ行こうかと、考えてるところなんです」

「アルルは、見物に行くんですか」

「ええ。ローマの遺跡なんかを」

「ローマの遺跡なら、本場のイタリヤへ行ったほうがいいでしょう」

どうせこの男に、私の気持を伝えることはできないだろうし、その必要もないのは知っていたが、男の口もとにちょっとバカにしたような微笑がうかんだのに釣りこまれて、私は弁解がましく、いった。

「アリスカンを写すのが目的なんです」

「アリスカン……」

男はちょっと考えこんでから、

「ああ、ローマ墓地のことですか。なるほど、あなたは古代史を研究してる学生さんですね」

と、私のローライコードを指さしながら、今度はちょっと尊敬した顔になった。

「アリスカンといえば、このおくの山地にも、それのある町があるんです。ええ……ヨンという町ですよ」

「ヨン……聞いたことのない町ですね」

「ヴァンスから、まだかなり、おくへはいるらしいので、あまり行く人はありません。私も実は行ったことがない。だれかに話を聞いたんだが、いくらも人口のない谷間の町だそうで、アルル王国時代には砦のあったところだとか、いまだに中世都市のかたちを保ってるといいます」

「変ったところらしいですね」

私が興味をひかれて、いうと、ヤニ・パパディアマントポウロスという本名を持った、アテネ生れの詩人にそっくりの男は、鼻眼鏡を指でおさえながら、うなずいた。

「住んでる連中も、変ってるらしいですよ。山の上の土地を耕し、山羊を飼ったりして、ほかの土地とは交通しないで、谷間の町にひきこもって、自給自足の生活をしてるんです」

「何か、かわった生活慣習を持ってるんですか」

「さあね。よくは知りません。私の知ってる者で、その町へ行ったというのは、話をしてくれた、その男だけですからね。その男も変り者でした」

「でしたというと、その人、亡くなったんですか」

「いや、三年ばかり前から、行方不明なんです。マントンの町はずれに住んで、行商をやってたんですが……実をいうと、その男に聞くまで、そんな町がフランスにあるってことも、知らなかったんですからね」

「どのへんにあるんですか」

「このアルプ・マリチムと、バス・アルプと、ヴァルと、三県の中間あたりらしいですね」

「どうやったら、そこへ行けますか」

「さあ、ひどく交通の不便なところじゃないですかね。その町――いや、おそらく村とか部落とかいう程度のものでしょうが――から出て来た者もないし、そこへ行ったという人の話も、ほとんど聞かないくらいですから。しかし、あなたは、まさかそこへ行こうっていうんじゃないでしょうね」

だまりこんでしまった私の顔を、男は不安そうにみつめた。

「行かれたら、行ってみたいような気がしますね。その町のことで、何かほかに変ったことを、おききになりませんでしたか」

「さあ……」

男は鼻眼鏡をはずして、不安そうに私を見ながら、眼鏡のはしで顎《あご》を撫《な》でた。

「そうだ。たしか西蔵《チベット》猫がたくさんいるってことです。それも野良猫の状態でね。いや、待てよ、あんなところに西蔵猫が……私の記憶ちがいかな」

男はいよいよ不安そうに私をみつめた。

「私の記憶はどうも、ふたしかなようです。うそをいって、異国の人をかつぐつもりはないが、もうだいぶ前に、それも風変りな男から聞いた話ですからね。いま、ふと思いだしたから、あなたにお話ししたんだが、話しているうちに、私にも信じられなくなってきました」

小心らしく、男は眼をきょろきょろさせた。

「私があの男にかつがれたのか。そういえば、ヨンなんて町のことは、あの男の話以外に、聞いたことがない。アリスカンが見たいのなら、やはりアルルまで行ったほうが、いいにちがいありませんよ」

男は照れくさそうに腰をあげると、そろそろ汽車の出る時間だといいながら、眼鏡をかけなおし、あわてて行ってしまった。が、私はしばらく、呆然とベンチに腰かけていた。

古代の遺跡のある中世の町のあとに、チベット猫と雑居している、乏しい住民は、どんな眼つきをし、どんな日々を送っているのだろうか。そう考えただけで、素晴らしい写真ができそうな気がした。が、ひょっとしたら、ヨンなんて町は、この地上にはないのかもしれない。三年前に失踪したマントンの行商人は、頭がへんだったのか、それとも出まかせをいったに過ぎないのかもしれぬ……とも、考えられるのだ。

私はやっと腰をあげて、飯を食いに行った。小さなレストランをさがしてはいると、そこの主人らしい肥満したコック服の男に、ヨンの町のことをきいてみた。おやじはカウンターのむこうで、ミラノ製の胡椒挽《こしょうひ》きを片手に持ったまま、何度も町の名をいわせた。東洋人の発音がわるいために、聞きそこなうのだと考えたらしい。結局、かれは胡椒挽きを両手でひねりながら、いった。

「わしはソスペルの生れだが、ヨンなんて町の名は、この辺では聞いたこともないね」

夕食をすますと、私はバスに乗ってヴァンスまで行った。若《も》し、そこでもヨンの所在地がわからなかったら、そのあたりの高地の古い町を写して、パリに帰ろうと思った。私はヴァンスで小さな宿屋をさがして泊った。

若い女中はヨンの町を、知らなかった。フロントにいた婆さんは、聞いたことのある名だが、といったが、どうしても思いだせぬようすだった。しかし、この人達が知らないとしても、ヨンの町が存在しないとは、いえない。むかしの町のかたちを保っているというだけで、実は村とか部落とか呼ぶほうが適当らしい場所が、たとえそれほど遠くない土地にあったとしても、いっぱんに記憶されていないのは、むしろ当然である。

その頃はもう、すっかり馴れっこになっていた安旅籠《はたご》の寝台の上で、私はヨンの町を想像し、胸をおどらせた。石と煉瓦と漆喰でできた中世紀の町にすむ、とぼしい住民とチベット種の野良猫。私のもとめている材料が、ふんだんにありそうで、胸をわくわくさせるのだ。とてもアルルの比ではない。そこだけで、私の最初の傑作集ができそうに思えた。

野良猫だの野良犬の集団生活は、へたをすると月並みになるが、私の意図をわかりやすく表現できる素材で、もうかなり写してはいたが、なかなか、うまい状態で集団している場面に出っくわせない。

その時の旅行では、ローヌ河口の砂洲地帯で、野良犬の集団を偶然、撮ることができたが、これは二十四ぐらいいたろうか、かなり物すごい集団で、近よりすぎて、もうすこしで咬み殺されるところだったくらいだから、写真の出来はまだ、なんともいえなかった。とにかく、古い町と野良猫というだけでも、私の写欲を刺戟するには充分だった。

翌《あく》る日、宿を出た時には、私はもうヨンの町に憑《つ》かれていた。が、ヨンの所在は、そう簡単にはつかめなかった。先《ま》ず、その朝、私は鞄から、もう表紙の手ずれた自動車用の道路地図をとりだし、しらべてみたが、この町の名は眼が痛くなるほどさがしても、見あたらなかった。町の二、三の場所で、物識りそうな男をさがして、あたってみたが、知る者はなかった。ただ、露天の本屋のそばで、日なたぼっこしていた老人が、こんなことを教えてくれた。

「ヴァルとバス・アルプと両県に寄った地方といえば、ルー川とラーヌ川の上流あたりかね。ヨンという町は知らんが、お前さんの話のような地勢は、あの辺へ行けば見つかるよ、シナ人さん」

私はちょっと、あきらめきれない感じだったので、グラスまで行くことにし、そこでわからなければ、いよいよパリに帰る覚悟をきめた。その区間の旅は、まるで何かに引かれて行きながら、その力の実体には、ついに行きあえぬかもしれぬという不安で落ちつかない、呆然とした心理状態で、沿道の景色も記憶に残らなかった。

そのくらいだから、途中でパリの知人に出す手紙を、かくしに入れていたのを思いだし、あわててバスを降りたところが、ル・バルだったかシャトーヌーフだったか、あるいは他の町か村落だったか、はっきり記憶していないのだが、私は停留所の前にある郵便局に飛びこむと、ふと自分の手ぬかりに気がついたのである。違った土地の住民と住民を結びつける、通信の仕事こそ、土地の名と切っても切れぬ関係のあるものではないか……何故いままで郵便局に寄ってみなかったのかと。

たしか中年の男だったが、どんな顔をしていたかおぼえていないのは、小さな郵便局の中が暗かったせいばかりでなく、ヨンの町を知っているという最初の男に出会った喜びで、ほかの印象はぼけてしまったのに違いない。その局員は仕切りのむこうで、こう答えた。

「この局ではまだ、ヨンに関係のある通信をあつかったことはない。だが、ヨンという町はたしかにあるはずだ。行ったことはないが、道すじはだいたい……」

暗い顔の局員は、だいたいとことわって、そこへ行く道順を教えてくれた。交通はひどく不便かもしれないという。だが、私はもう、すこしぐらいの困難は克服する気になっていた。私はグラスでは時間をつぶさずに、すぐサンヴァリエにむかった。そこからルー川の上流地域に、ちょっと困難――というよりは、古めかしい馬車をやとったりしたから、古風――な、旅を続けたのである。

二

なるほど、やはり相当ひどいところだった。どんな乗物も使えなくなってから、私はまだかなり長い登りみちを、たったひとりで歩かされた。そこまで来ても私は、ヨンなんて町はやはり存在しないのではないかという不安に、つきまとわれていた。山の中はしんとして、とてもその上に人の住む場所が、ありそうにもなかったからだ。

だが、町はやはりあった。山頂の平らな場所に建っていたという、アルル王国時代の砦は、何世紀も前に崩れ去ったというが、そのあたりは耕やされて、貧弱な畑になっていた。畑地のはずれに、やはりひねこびた橄欖《オリーブ》の並木があり、その下に、ローマ時代の石棺が眠っていた。左右で六基しかなかった。並木はちょうど鞍のような形に、坂の上に乗っており、そこから下に見える谷間の町まで、降《くだ》りの道がつづいているから、ちょうど町の関門といった恰好だった。

砦のあった昔には、実際、そこに門が建っていたのかもしれなかった。と、いうのは、谷間の町の立派なことである。坂道を降りていくにしたがい、私はまるで夢の中へはいって行くような気持になるのだった。

道の尽きるところは、せまいがきちんとした広場であり、左側に、左の山の尾根のあたりまで突き出ている高い時計塔を頂いた、庁舎らしいものが建っていた。正面には小さな鐘楼のついた小さな教会があり、右側には二階建ての簡素だが、がっちりした大きな家が建ち、その三つの建物が広場を囲んでいた。教会のうしろにも、同じような民家が続いているらしく、狭い谷間の平地は、きちんとした家並みで埋められているようだった。小さいがまさに立派な町なのだ。

私は眼をみはって、広場《プラス》にはいって行った。だが、人っ子ひとりいないのだ。町ぜんたいも、ひっそりと静まりかえっていた。

左側の建物は玄関の扉をぴったり閉《とざ》していたが、その上に町の紋章らしく、盾の中に鋸《のこぎり》の歯のような恰好の狼らしいのがいるモチフが取りつけられ、ヨン町役場と書いてあった。私は夢の中を歩いている気持で玄関の石段をあがり、その扉を押した。

扉はギギッと音を立てて開《あ》いたが、私自身の足音のほかには、それがこの町にはいって来て、私の最初に聞いた音だったのだ。

「だれかいませんか《ベルソンヌ》」と、私は声を立てて見た。

声は天井の高いホールに、がんと響いた。と、片側の扉があいて、頭巾をかぶった小さな男が出てきた。その男は私の顔を見ると、急に立ちどまって眼をまるくした。鳥のような眼をした年恰好のわからぬ男だった。

「きみはだれかね」と、その男は質問した。

「パリから来た日本人です。ニースからまわって来たんです」

旅券を出して見せると、男はびっくりしたように足踏みしながら叫んだ。

「他所者《エトランジェ》だ、ほんとうに《ヴレーマン》他所者《エトランジェ》だ！」

そういうと、かれは私の旅券を持ったまま、さっき出てきた戸口へ、風のように消えてしまった。まるで鼠のようなすばしこさで、私は呆気にとられた。すると、その戸口から、肥満した赧《あか》ら顔が、ぬっと突き出た。顔は一度ひっこんでから、今度はその持ち主の全身をあらわした。それはずんぐりした小男で、見事な巻き毛を肩のあたりまで垂らしていたが、どうやら仮髪《かつら》のようだった。頭巾の男がうしろから駈けぬけて前に出た。

「町長さん《ムッシュウ・ル・メール》……これがその日本人です」

頭巾の男は町役場の書記というところだが、手に持った私の旅券をパチンと爪ではじき、ぱっと両手をひろげた。

「どうです、町長さん。ほんとうのエトランジェですよ」

「うるさい、静かにしたまえ」

町長は小さな眼を私にむけたまま、もったいぶって、書記をしかった。

「あなたは何の目的で、ここへおいでになったのかね」

「写真です」

私はとっさに胸にかけたカメラを、持ちあげてみせた。

「ここに西蔵猫がいると聞いて、写しに来たんです。ぼくは、動物の写真をうつしてる写真家なんです」

町長は私のいうことが、よく飲みこめないらしく、ふしぎそうに私の顔をみつめた。だが、書記は町長をじっとさせておかなかった。かれは町長の袖をひいて、何かささやいた。すると、かれらはあわただしく私をとりかこんで、私を一室にみちびき、またたちまち姿を消してしまった。実にちょこまかと、よく動く連中だった。まるで肥えた鼠と痩せた鼠だ。

私は書記が注いで行った葡萄酒のグラスをとりあげて、おずおずと唇をつけてみた。ヴァル県のピュジェ××といった酒と変りなかったが、それを半分ほど飲んだ時、教会の鐘が鳴りだし、外がなんとなく騒がしくなった。私はグラスをおいて、ホールに出た。開けはなした玄関から、広場のまんなかに立っている、三人の男がみえた。

町長と書記と、もう一人はジェズュイット僧のような服装をした、青い顔の男だった。私が玄関を出て行くと、広場の隅々にかたまって立っていた人達が、いっせいに私のほうをみつめた。老人も若い者も子供もいた。女が抱いている赤ん坊を入れて数えても、みんなで三十名あまりしか、いなかった。どれもこれも小作りで、頑冥な山地の人らしく見えた。

三人の男は、私の姿に気がつくと、町長を先頭に物々しい足どりで私のほうに歩いてきた。かれらは階段の下で立ちどまり、町長は私を見あげて、両手をひろげながら、うやうやしく宣言するようにいった。

「日本のお方《ムッシュウ・ル・ジャポネ》……あなたを、この町の三十人目の外来者として、歓迎いたします」

そんな待遇を受けようとは考えもしなかったので、私はびっくりし、きょろきょろした。だが、町長は微笑をふくみ、書記は無表情に眼をぱちぱちさせ、もう一人の僧侶は悲しそうな眼で私をみつめていた。広場の隅々にかたまっている人達も、鼠が穴の口からのぞくように、陰気な表情で私を見まもっているだけだった。

それから私は、町役場の前側にある二階建の大きな家に連れて行かれた。内部の構造を見ると、そこは旅館のようだったが、人が住んでいるようには、見えなかった。古風な爐のある階下のホールで、立ち働いている人達も急にかり集められたようだし、私にあてがわれた二階の部屋も、泊れるように急に支度したものらしかった。だが、掃除は一応行きとどいていたから、ふだんは空屋にしておく、迎賓館といったものかもしれなかった。

しばらくすると、またあの三人がそろって、やって来た。

「お願いがあるんですがね、ムッシュウ」と、町長は例の、もったいぶった調子でいいだした。

「実はこの町には、十人目にやって来た旅行者ごとに、町の運命を占ってもらう習慣がありますんで。あなたはちょうど三十人目のお客さまなんです」

「だって、ぼくには予言をする力なんて、ありませんよ」

私はびっくりして、いった。

「いや、予言をするものは別にあります。ただ十人目ごとの旅行者にしか、かれの言葉の意味がわからないのです。それを、あなたに聞いていただこうという、わけです」

「それは、だれですか」

「人間じゃありません。あれです」

町長はくるりと振りかえって、旅館の窓ごしに、眼の前にそびえ立っている庁舎の時計塔を指した。

「町役場の建物は三百年前に建ったものです。あれと、この旅館が、この町でいちばん新しい建物です。それ以来、あの大時計に町の運命を聞く慣例があるのです。つまりあれができてから十人目に来た旅人が、あの時計が時を打つ前に立てる、うなるような音をきいて、予言の意味をさとってからなんです」

「すると、この町には、三百年間にまだ三十人の旅行者しか、訪れていないんですか」

私はまたびっくりして、きき返した。

「それは何もふしぎじゃありません。この町はむかしから、ひどく排他的で、まだ力のあった頃には、外来者を町の関門から中へ入れなかったんです。いまでは、こんな山の中まで、やってくる者はありません」

「三年ほど前に、マントンから行商人がひとり、やって来たということですが」

町長は首を傾《かし》げて書記のほうをじろりと見た。おぼえてはいるが、それをいうのは自分の役目でないと、いうように。書記がいそがしく、うなずきながら、代って答えた。

「来ました、来ました。役所の記録によると、あれが二十九人目の外来者です。もちろん記録によらないでも、私はおぼえていますが」

「それで、いったい、ぼくはどうすればいいのですか」

私は当惑して、きいた。

「時鐘の五分前に、あそこへあがって、大時計のうなり声を聞いて、いただきます」と、町長が答えた。

「しかし、ぼくにそんな能力があるとは思えませんが」

「いや、この町のいいつたえによれば、あなたはここへ足をむけた時から、その能力を与えられているのです。やってみてください」

「記録によれば」と、その時まで黙っていた神父が、ふいにいった。

「十人目の来客の聞いた予言は、めでたいものだった。だが、二十人目の来客の聞いたものは不幸でした。そして町の運命は、いつも予言のとおりだったのです。今度は、いい予言が聞けたらと思います」

神父の言葉で、私のたのまれごとが、あまり気持のよい役目でないのをさとると、私は尻ごみしたかったが、そうもいかなかった。

「まあ、やってみてもいいが、うまくいくかどうか、わかりませんよ。それでよかったら」と、私はやっと返事をした。

「そのかわり、町の見物と撮影を、許可してくれるんでしょうね」

三人は窓のそばへ行って額を集め、私の申し出を検討していたらしいが、やがて町長がいった。

「時鐘のとき以外は、自由に町を歩いてもかまいません。が、前もっておことわりしておくが、住民と話をしようとしても、むだですよ。かれらは外来の人と話のできるだけの、知識を持っていないのです」

町長は肩をすくめた。それから時鐘の鳴る前にむかえにくるといって、他の二人をしたがえ、出ていった。

日暮れまでには、まだだいぶ間があった。かびくさい部屋の中で疲れを休めていると、まもなく、また、今度は、書記が一人でやって来た。私はかれに案内されて、時計塔にのぼった。のぼり口は玄関の内側の、扉にちかい物かげについていた。数えきれないほどの、急な階段をあがって行くのは、ちょっと骨が折れた。

私達は大時計の裏側にある廊下に、あがった。そこにある椅子にこしかけさせられ、私は書記のあいずで、耳を澄まさなければならなかった。大時計は時を打つ前に、ぜいぜいと喉を鳴らすような、かなり大きな音を立てた。

ガッタンルールー

グルールグルルール

最初のガッタンは制子のはずれる音だろう。それからちょっと唸り声が続いて、やがて耳をふさぎたくなるような音で、時を打った。

書記が、どうですというように、私の顔を横目で見た。が、私はかぶりを振った。一度じゃ、むりかもしれませんと、書記はあきらめたように、いった。

塔から降りてくると、書記は下で待っていた町長に報告し、一時間後にまた登る約束をして、私は広場に出た。町の人達は家に帰ってしまったとみえ、広場には人影もなかった。かれらは自分達の運命に、案外無関心なのかもしれない――いや、私がやらされているのは町に伝わる古来の儀式にすぎなくて、いくら山の住民でも、いまどき、そんないいつたえを、本気で信じているわけではなかろう――などと思い、私はばかばかしくなってきた。

私は広場を横切って、旅館のほうに帰りかけたが、中央にある大きな石の水盤のような物のわきを通りかかって、ふと注目した。よく見ると、それは泉の名残りだった。むかしはここに滾々《こんこん》と湧きあふれていたのかもしれないが、いつか地下の水脈が変動したとみえて、いまはからからに乾いた石の皿が、底をさらしているだけだった。

すると、水盤のへりに点々と立っている彫像のひとつが、ふと動いたような気がして、私ははっとした。砂岩の彫像かと思ったものが、いっせいに金色の眼をあけて、私をみつめたのだ。猫……フランスでは青猫という、灰色の大猫が、三、四匹、悠然といた。

私は急にうれしさがこみあげてきて、外出の時はいつも首にかけている、ローライを持ちなおした。が、だめだった。猫たちはぱっと身をひるがえして、庁舎のほうへ風のように走って行くと、たちまち見えなくなった。

私はがっかりしたが、機会はまだあると思った。このかわいた泉が、猫のひるねの場所だとすれば、やがてまた帰ってくるにちがいないから、今度は盗み撮りをしようと考えたのだ。私はまた広場をぶらついて、今度は教会にはいってみた。

　この教会は、南仏でよく見るゴチックロマンの教会とは、ちょっと形がちがっていた。あの明るさがなく、陰気な感じだった。そして中へはいってみて、私はおどろいた。この町の人々はまるで信仰心がないのかと思わせるほど、荒れはてた内部だった。祭壇《オーテル》の中央に立っている十字架像は、ほこりを冠ってこそいないが、この小さな教会に不釣合いなほど大きく、荒けずりで恐ろしいくらいだった。いやな気分になって、すぐに出ようとすると、祭壇のわきから立ち上がった神父と眼があった。神父はひざまずいて祈っていたらしい。まるで幽霊のように青い顔だ。

「大時計は何かいいましたか」と、神父は不安そうに、きいた。

「いや、ぼくにはわかりません。機械的な音がするだけです」

「恐ろしいことです。ここの人は神を信じません。時計の予言を聞こうとするのです。だが、私はかれらを信仰に帰らせることも、できないのです」

「ここの人達は、無宗教なのですか。それなら、この教会はどうしたんです」

「無信仰な者だけが残ったのです。この教会は過去の遺物です」

「しかし、これだけの町の人が、みんな無信仰なわけはないでしょう」

「これだけの町……あなたはこの広場の背後に、細長く伸びている町筋を見て、そうおっしゃるんですか」

「そうです。たとえ狭くてもこんな立派な町を、こんな山の中に見つけて、おどろいているんです」

「むかしは立派な町でした。住民も数百人はいたそうです。だが、いまはその町の外郭だけが残っているんです。ここにいた人達は、ほとんど死んでしまったか、よそへ行ってしまったんです。町の家ももう住めるものは、一部しかありません。あとはみんな廃墟なんです」

「とても信じられませんね」

「町というのは、むかしの口ぐせが残っているからで、ほんとうは村というのも、おこがましいくらいです。ほんの一小部落にすぎません。あなた、さっき広場に集っていた人達を、ごらんになったでしょう。あれがこの町の住民のほとんどすべてです。四十人たらずの住民で町などといえますかね」

「でも、あんな立派な町役場があって……」

「あそこには町長と称する人と、書記と称する者と、二人しかいないんですよ。四十人の部落で町制の必要もありますまい。かれらはあの大時計の番をしているだけなんです。油をさしたり、ねじを巻いたり……」

　私は呆然と神父をみつめた。

「それがほんとうだとすると、それにもかかわらず、ぼくはこの町の伝統にしたがって、ばかげた予言の仲介役をしなければ、ならないんですか」

「この町を、すぐ出て行かないかぎりね。私だって、信者のない教会の神父でしょう」

　神父は気味のわるい微笑をうかべた。

三

　泉の猫は五、六匹に増えていた。が、私はまた撮影に失敗した。翌日そうそう、この無気味な町を去るつもりだったが、それまでに西蔵猫の生態だけは、ぜひカメラにおさめたいと思った。

　二度目の時鐘の聞きとりにも、私は失敗した。これは私には当然のことだったが、町長は、私の通《つう》力《りき》のなさに腹を立てたように、私の顔をにらんだ。

「なんとか聞きとれないものですかね」

「私にはガッタン、ルールー、グルール、グルルールてなふうに、聞こえるだけです」

「それじゃ、なんのことかわからん。それは単なる音ですよ」

　また一時間たち、私は三度目に時計塔へ登らされた。日は一方の尾根にかくれて、谷間の町のかたちをした部落は、塔の上から見ると、もうすっかり、影の中へ閉じこめられていた。そこから気をつけて見ると、町のほとんどの家は、なるほど人の住まぬ廃屋らしく、ひるまから、いやにしんとしてみえたのだ。

　こんなことを続けていったら、明日になっても、この先祖の慣習に忠実な二人の自称役人は、私を帰してくれないかもしれないと、私は時計の裏の廊下の椅子にかけながら、心細く思った。書記はやはり私を監視し、私にきっかけを与えるために、そばに立っていた。

　私はなにか追いつめられた気持で、今度は前の二回よりも熱心に、耳をすませた。

　ガッタンルールー
　グルールグルルール

するとその機械の吐息が、ふと私の耳に、こんなふうに聞こえたのだ。

　ヴァッタン　ジュンノム（去れ、若者よ）
　デリュージュ　ロルロージュ（洪水、大時計）

　ほとんど、はっきり、そう聞こえたといってもよかった。私は急に書記のほうを振りむいて、それを告げようと思ったが、やめにして、また、かぶりを振ってみせた。

私の聞いた言葉を、かれらに伝えれば、私の役目は一応すみ、あとはかれらが勝手な解釈をつけて、私は放免されるだろうが、かといって、自分にも信じられぬことを、口に出すのは気が引けたのである。私の追いつめられたような気持が、無意識に時計のうなり声を、こじつけていたのに違いないからだ。

（去れ、若者よ）実際、私はこの谷間を出て行きたかった。（洪水）というのは、こんな山の中では意味がなかった。この谷には川も流れていない。泉もからからだ。住民は背後の山まで、水を汲みにあがって行くのだという。（大時計）は眼の前にあった。

つまり私の頭が時計のうなりに調子を合わせて、反射的に出まかせに、考えついたことに過ぎない。

私はがっかりした気持で、時計塔の狭い階段を降りた。

「では、もう日が暮れるから、明日また、やっていただきます」

町長は、手のつけられぬ無能者だというように、私の顔をにらんでいった。

私は宿屋へ帰り、私の当番になった部落の女がこしらえてくれた、まずい晩飯を食わされて、しばらくしてから床についたが、なかなか眠れなかった。

――ヴァッタン、ジュンノム、デリュージュ、ロルロージュ――という時計の音が、まるで呪いのように、耳についてはなれないのだ。（去れ、若者よ、洪水、大時計）いったい何の意味だろう。眠れない頭は、意味もないことを、無理に考えようとするのだ。

疲労でとろとろと眠ったと思ったら、また眼がさめてしまった。私の寝ている古い建物の中でも、おもての広場でも、コトリという音もしなかった。当番の女が帰ってしまったとすると、私はその大きなむかしの旅館の中に、たった一人で寝ていることになる。そう思うと、ぞっとして、眼がさえてきた。

私は起きあがって、窓から外をのぞいた。すごいような月が真上にのぼって、広場の中は隅々まで見えるほど、明るかった。と、私は涸《か》れた泉のほとりに、動くものがあるのを見た。猫だ。また数が増えて十四あまりの猫が、青びかりのする毛皮をうねらせて、泉のほとりをひっそり歩いていた。

月あかりの空に浮かんでいる大時計の文字板は、もちろん、はっきり読めたが、もう真夜中にちかかった。私はいそいで服を着こむと、ローライを首にぶらさげて、階下へ降りた。深夜の広場に出てみるとこの四十人たらずの農民が残り住んでいる、中世の威儀を持った小さな谷間の町の沈黙は、もはやほとんど廃墟にひとしいものであると感じられた。

猫の数は思ったより多かった。二十四、いや三十四はいた。あまり多いので、私はぞっとして立ちすくんだほどだ。かれらは泉の石のほとりに配置よく群集していた。群れのあいだを、ゆっくり歩きまわっているものもあった。みんな、月の光に、あおあおと光って、野性の獣のたくましい落ちつきを見せていた。

カメラをむけても、もう逃げなかったし、私が泉にちかづくと、かれらは配置を変え、私をとりまくような位置に坐りなおした。気のせいかもしれないが、かれらは何か物問いたげに、私を見つめているように感じられた。

いくら月の光が明るくても、やはり写真は無理だったし、この猫族はちょっと無気味だった。が、かれらは野性的だが静かで、私に危害を加えるつもりはないように思えた。すくなくとも、むかしの旅館の中にたった一人でいるよりは、ここにいるほうがましだった。おそらく私は、孤独感に耐えられなくなっていたのだろう。この町、いや部落に来て、私が口をきいたのは、あのひどく変った三人の人物だけだった。ほかの住民は唖《おし》のように黙っていた。かれらにくらべれば、この多分、住民と同じ数ぐらいはいるらしい西蔵猫のほうが、どんなに親和的かしれないと思えた。

かれらはこの谷間に住む人間にくらべれば、体格もすぐれ、毛のつやもよい。何を食ってるのか知らないが栄養が足りている証拠だから、まさか私を食い殺すつもりはあるまい。それにかれらはやはり、すばらしいカメラの対象だった。

空屋のほうが多いこの町のことだから、かれらが棲《す》む場所には事欠かない。かれらのすみかをつきとめて、夜が明けたら群棲《ぐんせい》の状景を撮ろうと思い、私はひと晩、かれらのそばを去らずに監視することに、きめた。

かれらの中には仔猫もまじっていた。二、三匹の仔猫が、石の水盤のへりに這いあがって、よたよたと底に降りて行くのが眼についた。一匹がはじめると、他のものが真似をして後に続いたのだ。やがて、ぺちゃぺちゃ舌を鳴らす音が聞こえてきた。

水盤の底をのぞくと、いつの間にかすこしばかり水が溜っていて、青玉を砕いて溶いたような色に光っていた。夜になると多少の水が湧くのかもしれなかった。

私は水盤のへりに腰かけて、私の周囲にすわったり寝そべったりしている、猫たちを見まわした。こうやっていると孤独がなぐさめられた。と、頭の上で、町役場の時計が、ふいにしわがれた声を立てはじめ、十二時を打った。

打ちおわるまで耳を傾けてから、猫たちのほうをながめると、私はまた妙な気持になった。かれらはいっせいに私を見つめているのだ。寝そべっていたものも、すわりなおしていた。まるで何か私から期待しているようなのだ。

「へえ、きみたちも、時計の予言を知りたがっているのかね」

　私は思わずつぶやいて苦笑したが、顔の皮膚が冷たくなるのを感じた。まさかと思ったが、猫の態度が、まるでそう感じられたのだ。

「いいとも、きみたちなら話しても、気が咎めないからね。ただし、これはぼくの感じにすぎないんだが、時計はこういったよ。(去れ《ヴアッタン》、若者よ《ジュンノム》。洪水《デリュージュ》、大時計《ロルロージュ》)」

　出たらめかもしれないが、ひょっとしたら、何かの啓示を受けたのかもしれないという不安もあって、私はこの言葉を口から出してみたい気もあったのだ。容易に神がかりになる人達とはちがうつもりだが、こんな異様な立場におかれれば、だれだって多少おかしくなると弁解しておこう。

　と、私がそれをいいおわった時、猫の群れの中から一匹が、月のかかっている中天《なかぞら》に顔をあおのかせて、ミャオー、と一声ないた。そして、その猫がくるりとむきを変えて、のそのそと町役場《メーリー》のほうに歩いて行くと、他の猫たちもいっせいに姿勢を変えて、あとに続いた。かれらはほとんどきちんとした縦隊をつくって、町役場のポーチへあがって行った。

　私はおどろいて立ちあがった。猫たちがすみやかに引きあげるものと思い、すぐ後をつけて行き、かれらといっしょに夜をすごして、朝を待つつもりだった。

　猫の群れは庁舎の玄関の扉のすきまから、中に消えて行ったので、私も後を追って中にはいった。先頭の猫は、もう時計塔の階段をのぼりだしていた。

　やがて猫の行列と私は、頂上にたどりつき、私は時計の裏の廊下の隅に坐りこんだ。猫は廊下から階段の上にまで、あふれていた。仔猫が二、三匹、膝の上へ這って来たので、抱きあげて撫でてやった。私はもう、この西蔵猫たちを恐れなかった。廊下は窓からさす月の光で明るかったが、かれらは静かにしていた。

私は暢気《のんき》な性分のせいか、この町へやって来てから、はじめて楽な気分になり、大時計のギイギイガチャガチャという絶え間のない音が、気にならなくなると、仔猫を抱いて、うとうとしだした。

中途で一度、時鐘に眼をさまされて、のびあがって窓からのぞいて見ただけで、すぐにまた寝こんでしまい、夜が明けるまで眼をさまさなかった。

その時、窓から見おろした広場には、まだ月の光が冴《さ》えていて、泉の水盤が満々と水をたたえ、青く光っていたほかには、なんの変りもなかった。

あとで思いだしたのだが、私が眠っているあいだに、何か山鳴りのような音がして、時計塔がちょっと揺れたような気もした。が、私はその日、山道を歩いたり、何度も塔の階段をのぼり降りして、ひどく疲れていたので、それを悪夢のように感じただけで、眼をさまさなかったらしい。

眼がさめた時は、もう夜があけていた。それよりも、しまったと思ったのは、もう一匹の猫も、私の周囲にいなかったことだ。私はあわてて起きあがり、階段を降りだした。

階段は途中から、びっしょり濡れていて、よほど足もとに気をつけないと、滑って転落しそうだった。あの月光にもかかわらず、変りやすい山地の天候は夜中に雨を降らし、それが吹きこんだのかと思ったが、そうではなかった。

階下のホールは壁までぐっしょり濡れて、天井からは水滴がしたたり落ち、石を貼《は》った床のくぼみには、水がたまっていた。いったい何が起こったのか、私にはけんとうもつかず、呆然として町役場の建物を出た。

広場は大豪雨にみまわれた後のように、家の屋根までずぶ濡れになって、敷石のあいだには、水がたまり、何か惨憺《さんたん》とした感じだった。

さしてきた日の光に、町全体がうっすらと湯気を立てていた。そして、私は恐怖のために声を立てそうになった。人影がない。誰も出ていない。町にはもう誰もいないようなのだ。

私は泣きだしたいような気持で、町をかけまわった。といっても、教会のわきからはじまって、背後の崖下まで続いている通りと、何本かの路地だけだから、私はすぐにまたもとの広場へ出て来たが、ヨンの町はやはり、からっぽになっていて、生きものの影を見なかったのだ。

私の聞いた大時計の予言は、偶然かもしれないが、あたっていた。夜なかに、ふいに、原因の知れない山津波が起こって、この町の住民を一瞬におぼらし、押し流してしまったのだ。わずか四十人たらずの住民を。それとも、かれらはその寸前に、裏の山に逃げのびたろうか。

とにかく、かれらが生きているとすれば、私は顔を合わせたくなかったし、合わせられる義理でもないように思えた。私の合理主義が邪魔をしなかったら、たとえ偶然の思いつきでも、かれらを――あるいは、かれらの多少の持ち物を――救うことができたのだから。

で、私は、むかしの旅館の、私にあてがわれた部屋の床にころがって、泥水でふくれあがっていた鞄を、ひろいあげると、大いそぎで坂道をあがり、橄欖の並木の下のアリスカンに目礼して、ヨンの町を去ったのである……。

私はこれまで何人かのひと――いや、ほんの二、三人だ――に、この話をした。ところが、聞きおわると、かれらはきまって、こういう質問をする。

「それはほんとうの話かね、きみは旅行中、ほんとうに、そんな経験をしたの」

おそらく読者も同じような気持になっていると思うから、つけくわえておくが、私はその疑問にいつも、こう答えたと思う。

「私はうそ話をしているつもりはない。だが、自分がそんな経験をしたかということについては実はわれながら疑問なのだ。人間の記憶は一貫した形式をとらないし、それはどこまでも自己の記憶なのである。真実かどうかは自己の正体が何かという問題に帰すると思う。だから、どんなに客観的に忠実な記録にも、他人の考える現実とちがう部分がないはずはないじゃないか」

編者後記

「猫の年齢」　西東登

江戸川賞作家の西東氏は、もちろんすぐれた推理小説を数多く書いていられますが、釣りや動物を扱った作品においても著名です。ご自身の飼猫についての随筆も書いていられるので、読者の中にはご記憶のむきもあるかと思います。

「猫の年齢」は、猫を取扱った本格推理という、ありそうで案外すくないジャンルの代表として選びました。中年のサラリーマンが妻と飼猫とに同時に〝蒸発〟され、まる一日余の不安な時間の経過の裏側に、思わぬ事件の発展を見ます。この夫婦の飼猫に対する愛情や、だんだんぜいたくになって新鮮なアジしか食べなくなる猫の習性など、やはり現実に長い年月を猫と接してきた作者ならではのものがあります。

この作者には、猫を主要なテーマにしたミステリをもっと書いて欲しいところです。

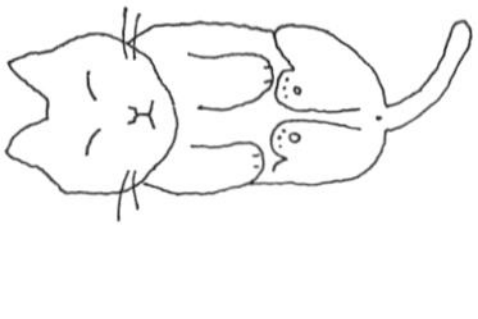

「ピーや」　眉村卓

眉村氏のショートショートには比較的わかり易いのと難解なのとがあり、この「ピーや」はちょうどその中間ぐらいに位置するものと思われます。

　AとBという二つの存在があり、AはBの認識の投影であり、BはAの認識の投影であるとする。いま何かの事情でAが突然存在しなくなったとしても、BがAの存在を認識しつづけるかぎり、Aはなお存在しつづけるのだ——理屈っぽい友人の一人がそんなふうにこの「ピーや」の絵解きをしてみせてくれましたが、べつにそんなしち面倒くさい絵解きがなくても、すなおに読めばすっと頭のなかにしみこんでくるようなところのある作品です。猫好きの人は〝なるほど〟とうなずける面があるでしょうし、それほど猫好きでない人でも、多少とも猫と人間のつきあいのあり方を知っている人なら、それなりに納得してもらえるのではないかと思います。

「お富の貞操」　芥川龍之介

　多くの人が、その年齢では似た経験をもつのかもしれませんが、十代の後半から二十代の前半にかけて私は芥川龍之介の猛烈なファンでした。何度も読みかえした作品集のなかで、この「お富の貞操」はとりわけ好きなものの一つでした。そのなかに大きな牡の三毛猫が登場するという事実が、なぜか強烈な印象となって私のなかに残り、もうそれほど猛烈なファンでなくなったあとまでも、その印象だけは強く生きつづけたものです。

　こんどこのアンソロジーを編むにあたって改めて読みかえし、この作品のなかに占める三毛猫の比重の大きさにいまさらのように驚かされました。お富が自分の貞操を賭けてまで守ろうとしたものが単に猫の命だけでないことは明らかなのですが、それにしてもこれは犬や猿では絶対にだめなので、猫、それも〝大きい牡の三毛猫〟でなければだめなのだと、妙に勢いこんで一人合点したようなわけです。

「猫文法」　川又千秋

猫と人間とのあいだの意思疎通が可能だったら——というのは世の猫好きのしばしば抱く願望でしょう。新進ＳＦ作家の川又氏はこの願望をロマンチックにしかも〝科学的〟に展開してみせてくれました。

実はこの作品のなかに引用されているＡ・プリマックの「チンパンジー読み書きを習う」という本は、私自身大いに興味を持って読み、このやり方で話ができるようになったら、この連中さぞ憎たらしいことを並べたてるだろうなと、我が家のろくでなし猫どもの顔を見ながら考えたことがあるくらいですから、それを実行に移したこの作品の主人公とそして猫のミリイに対しては、温かいミルクをお腹いっぱいふるまってさしあげたいほどの親愛を感じます。

結末のチラシの猫文字をどのように解読するか、それは読む人間の自由といった感じになっているのも面白いところです。

「猫の皿」　古今亭志ん生

猫の登場する落語はいくつかありますが、この「猫の皿」は話の運びの面白さからいってもオチの奇抜さからいっても抜群です。

落語には風俗描写がつきものですが、この「猫の皿」にもそういう落語の特質が色濃く出ていて演者のいう〝徳川の末〟の社会での価値観の変動といったものが生き生きと具体的に描かれているところなどは、歴史にうとい私にとっては、目を開かされる思いです。

ぽんぽんとはずむ会話というのもむろん落語になくてはならない特質の一つですが、この「猫の皿」ではその会話の相手が人間になったり猫になったりします。

さもしい人間どもの思惑を、猫がどんな顔をして見守っていたか、そんなことを想像する楽しみまで与えてくれる好篇といえるでしょう。

「猫の殺人」　吉行理恵

一種不思議な魅力をもった作品です。

三十才をとうに過ぎ同僚からうとまれ軽蔑されながら郵便局に勤めている主人公の独身女性。——丘の上の家に住み、たまに郵便局に預金にくる一人暮しの年老いた女流詩人。——気まぐれに猫を飼い、結婚が決まるとけろっと捨てていき、夫の会社の化粧品を売りつけようとするときだけ馴々しく電話してくる元同僚の女性。——精神を病んで早く世を去った主人公の母親。——これらの人間像が会話などを通して鮮やかに視覚化されていきます。そして、一匹のチャコールグレイの猫が（女流詩人にはずっと以前に死んだかけがえのない思い出の猫として、主人公には現在飼っている中で特に心惹かれる猫として）絶えず縫うように姿を現わします。

郵便局や、美容院や、坂道や、丘の上の花の咲く家を、いつのまにか読者もたどっているような散文詩のようでありながら一方きわめて現実味をもった美しい小説です。

「ねこ忍」　水木しげる

水木しげる氏の劇画にはよく猫が登場します。水木氏にとって、猫とは、どうやら下積みの人間の怨念と知恵とを同時に代表する存在であるようです。この「ねこ忍」では怨念のほうは背景に隠れていて、知恵のほうだけが卓抜なアイデアと行動力になって物語を展開させていきます。

〝人語を解する猫〟と〝猫語を解する人間〟とが出会って〝猫語辞典〟を完成するという発端の部

分は、川又氏の「猫文法」と共通しているように見えますが、この「ねこ忍」のほうではそれはあくまで発端であって、川又氏が故意に暗示的に処理した人間と猫との力関係といったようなものが水木氏独特のタッチでぐいぐいと筆太に活写されています。

　人間の浅知恵と猫のしたたかさとの競いあいがここでも主要なテーマになっているといえるでしょう。

「復讐は彼女に」　小泉喜美子

小泉喜美子さんは単に推理作家というだけでなく、外国の推理小説の翻訳や評論の面でもめざましい活躍ぶりを見せていられますが、その猫好きもまた有名です。その彼女が猫の登場するミステリを書いたのですから話が面白くならないわけはありません。

　まず冒頭の官能場面がすばらしい。若々しい二つの肉体の合体と陶酔を遠いコロラチュラ・ソプラノを背景にきわめて大胆に描きだしています。が、実はこの大胆さがくせもので、読者はここでまんまとひっかけられたことに気づいて苦笑いというしかけです。

　この作品に登場する人間たちや猫たちは、たとえば「ねこ忍」に出てくるような非凡な存在ではなく、きわめてあたりまえの人間たち、猫たちであり、その行動パターンも徹底して日常的です。そしてそのあたりまえさと日常性とがこの作品の結末の迫真力をいちだんと盛りあげる効果を出しているのです。

「ネコ」　星新一

　星新一氏のＳＦショートショートは、時間と空間を超越した舞台の上で人間や超人間を勝手気ままに踊らせておいて、実はそれがまぎれもないこの地球のまぎれもない現時点での人間の生きざまであることを結末に至って思い知らせるところに面白さがあるわけですが、この「ネコ」はそうした意味での最高の傑作の一つといえるでしょう。

　地球の支配者が〝二本足の生物〟ではなくて実は猫であるという発想は必ずしも星氏のオリジナルといえないかもしれませんが、話をそこに持っていく過程での明確さと簡潔さと説得力は、やはり星氏の独壇場といわねばなりません。

　人間が猫の奴隷であるという事実を説明するのに、星氏は――恐らく故意に――家の提供とミルクの供給の二点に的を絞っていられますが、たぶん世の猫マニアたちはこの行間に、自分たちとそれぞれ自分の〝お猫さま〟たちとのあいだで展開されるさまざまな〝主従関係〟を事実に即して自由に読みとることでしょう。

「ねこんしょうがつ騒動記」　あまんきみこ

　あまんきみこさんは「車のいろは空のいろ」などファンタジックな児童文学の作家として知られています。

　この「ねこんしょうがつ騒動記」では、川又氏の「猫文法」や水木氏の「ねこ忍」などではひと苦労もふた苦労もしなければ手にはいらなかった猫と人間のコミュニケーションというパスポートが、最初から自明の理として存在しており、作者はもちろん、登場する人間たちも猫たちも、そのコミュニケーションの存在を毫も疑っていません。つまり、メルヘンの世界での猫と人間とのかかわりあいであり、その自由さだけでも充分魅力的な味わいといえます。

　図々しい怠け者のくせにとびぬけたお人好し（おねこ好し？）のゴロウタは文句なしにだれからも気に入られることでしょう。

　そこぬけに明るいこの世界のなかにひょっこりこのまえの戦争の苦い傷痕が出てくるところなど

も、この作品に一種の深みを与えています。

「誘拐者たち」　仁木悦子

西東氏のところでも書きましたが、猫を扱った推理小説というものは意外にすくないのです。猫という動物が、自体ミステリアスなうえに、人間の思いどおりには決して動かない習性をもっているからかもしれません。

私自身、幼少の頃から猫とのつきあいが絶えたことがないのですが、現実の猫の登場する作品は長篇「猫は知っていた」と、この短篇「誘拐者たち」だけです。

お金に窮した悪童どもが、大金持の老婦人の溺愛する猫を誘拐しようと計画する話ですが、これを書いたら、友人の作家藤木靖子さん（これまた相当な猫マニア）に叱られました。「実行しようとする人が現われたらどうするんですか」と。

因みに、登場する牝猫メリイは、私の家に十三年間いたルミがモデルです。黒っぽい縞猫で「いいしっぽ」と褒めると、長い尾を得意になって振りました。

「猫の泉」　日影丈吉

日影丈吉氏は重厚で陰影の深い作風の作家として知られています。この「猫の泉」もその典型的な一例で、恐らく架空と思われるヨンという町に行きつくまでの描写に、早くもその特徴を感じさせます。ヨンの町そのものの実在感もこの作家ならではの重みと深みをそなえています。

中世以来ほかの世界から切り離されて地図の上にも存在しなくなっているそのヨンの町に西蔵《チベット》猫がたくさん棲みついているという設定も面白いし、その猫たちが登場する場面の描写がまた渋味をおびて美しい。

「……砂岩の彫像かと思ったものが、いっせいに金色の眼をあけて、私をみつめたのだ。猫……フランスでは青猫という、灰色の大猫が、三、四匹、悠然といた……」

ストーリーの中心になっているのは一種の民話ふうのテーマなのですが、そのテーマを包んでいる世界はあくまで現実そのものです。

いかがでしたでしょうか？　十二の物語の中の猫たちが、次々に皆さんを楽しませてくれたことと思います。それとも、ひそかに読者の反応をうかがいながら楽しんでいたのは、実はそれぞれの作品に登場する猫たちのほうだったかもしれません。猫というのは、事ほど左様にしょうのない、人間にとっては全くお手あげといった連中であり、それであるからこそ長い長い年月、人間に愛され続けてきたのでしょう。

このろくでもない連中を、いや、そう言いながらいつのまにか「さあお食事」「さあお寝床」とお仕え申しあげてしまうこの奇妙なけものを、こよなく愛する者の一人として、こんなに魅力的なアンソロジーができあがったことを何よりもうれしく思っています。

御作品の収録を快く許してくださいました皆さま、すばらしい絵をかいてくださいました和田誠氏、怠け者の私を督励しながら編集上の雑務を手ぎわよく処理してくださった立風書房の稲見茂久氏、そして最後に、なにかとヒントを与えてくれたわが家の駄猫たちＣとＫに心から感謝いたします。

一九八〇年七月

仁木悦子

著者紹介（収録順）

西東登（さいとうのぼる） 一九一七—一九八〇
推理作家。東京都出身。北京大学経済学部卒。本名・斉藤五郎。戦時中より小説を発表し、「キネマ旬報」誌の編集者等を経て、一九六四年に『蟻の木の下で』にて江戸川乱歩賞を受賞。以後、多くの社会派ミステリを手がけ、特に、動物を謎解きに使うサスペンスを得意とした。

眉村卓（まゆむらたく） 一九三四—二〇一九
ＳＦ作家。大阪府出身。大阪大学経済学部卒。本名・村上卓児。映像化もされた『なぞの転校生』『ねらわれた学園』などのジュブナイル小説で人気を博したほか、多くのショートショート作品を残した。一九七九年に『消滅の光輪』にて泉鏡花賞および星雲賞を受賞。二〇二〇年、日本ＳＦ大賞功績賞を受賞。

芥川龍之介（あくたがわりゅうのすけ）　一八九二―一九二七
小説家。東京都出身。東京帝国大学英文科卒。在学中、「新思潮」創刊号に掲載された「鼻」が夏目漱石に激賞される。澄江堂主人と号し、おもに古典を題材とした簡潔・平明で理知的な作風で大正文壇をリードした。代表作に「羅生門」「杜子春」「地獄変」「河童」「歯車」など。

川又千秋（かわまたちあき）　一九四八―
ＳＦ作家、評論家。北海道出身。慶應義塾大学文学部卒。卒業後、博報堂のコピーライターとなり、季刊「ＮＷ－ＳＦ」誌にて評論・創作を開始。一九八一年『火星人先史』で星雲賞を、また一九八四年に『幻詩狩り』で日本ＳＦ大賞を受賞。近年は架空戦記や軍事アクション作品なども手がける。

古今亭志ん生（ここんていしんしょう）　一八九〇―一九七三
落語家。東京都出身。本名・美濃部孝蔵。一九三九年に五代目古今亭志ん生を襲名。明治末期から昭和にかけて活躍し、多くのメディアに登場して「東京の大看板」とも称された、戦後落語界を代表する名人のひとり。芸風は天衣無縫で、酒の失敗と貧乏自慢のエピソードに事欠かなかった。

吉行理恵（よしゆきりえ）　一九三九―二〇〇六
小説家・詩人。東京都出身。早稲田大学第二文学部卒。父・エイスケと兄・淳之介の影響で早くから文筆活動を行い、一九六八年に詩集『夢のなかで』で田村俊子賞を受賞。また、一九八一年に『小さな貴婦人』で芥川賞を受賞。寡作ながら独特の詩的表現で話題を呼んだ。猫を題材とした作品が多い。

水木しげる（みずきしげる）　一九二二―二〇一五
漫画家。鳥取県境港市育ち。本名・武良茂。大戦時、出征先のラバウルで左腕を失い、帰国後、紙芝居作家を経て漫画家となる。妖怪漫画の第一人者で、代表作『ゲゲゲの鬼太郎』『河童の三平』『悪魔くん』は何度も映像化された。日本、海外で多くの賞を受賞。また、二〇一〇年には文化功労者に選出された。

小泉喜美子（こいずみきみこ）　一九三四―一九八五
推理作家・翻訳家。東京都出身。一九六三年に『弁護側の証人』でデビュー。男女の愛憎を織り込んだ都会派ミステリ作品を多く手がけたほか、英語に堪能でジャパンタイムズに勤務していたこともあり、重厚な文芸作品やハードボイルド小説などを多数翻訳している。

星新一（ほししんいち）　一九二六―一九九七
ＳＦ作家。東京都出身。東京大学農学部卒。生涯にわたり質が高くヴァラエティに富んだ膨大な数の掌編小説を執筆し、「ショートショートの神様」と称された。一九六八年、『妄想銀行』で日本推理作家協会賞を受賞。また、一九九八年に日本ＳＦ大賞特別賞を受賞。

あまんきみこ　一九三一―
童話作家。旧満洲撫順市生まれ。本名・阿萬紀美子。日本女子大学家政学部卒。一九六八年、第一作品集『車のいろは空のいろ』が評価され、日本児童文学者協会新人賞を受賞。以後、小学校国語の教科書に収載される名作をふくめ、多くの作品を執筆。一九八九年、野間児童文芸賞を受賞。

仁木悦子（にきえつこ）　一九二八―一九八六
推理作家・童話作家。東京府出身。本名・二日市三重子。幼時の胸椎カリエスで就学できず、家庭で自学自習した。一九五七年、『猫は知っていた』で江戸川乱歩賞を受賞。明るく爽やかな作風で「日本のクリスティー」と称され、女性推理作家の先駆けとなった。一九八一年、短編「赤い猫」で日本推理作家協会賞を受賞。

日影丈吉（ひかげじょうきち）　一九〇八―一九九一
推理作家・翻訳家。東京府出身。本名・片岡十一。一九四九年に「宝石」誌の懸賞小説に応募した「かむなぎうた」が江戸川乱歩に絶讃され、デビュー。怪奇幻想に彩られた長短編を残したほか、仏語が堪能で『オペラ座の怪人』をはじめ翻訳書も多い。一九九〇年、短編集『泥汽車』で泉鏡花賞を受賞。

出典

『猫の年齢』　西東登　講談社『小説現代』昭和44年４月号より

『ピーや』　眉村卓　角川文庫版『奇妙な妻』より

『お富の貞操』　芥川龍之介　『芥川龍之介全集』より

『猫文法』　川又千秋　双葉社『小説推理』昭和55年３月号より

『猫の皿』　古今亭志ん生　立風書房『志ん生文庫』より

『猫の殺人』　吉行理恵　新潮社『新潮』昭和53年３月号より

『ねこ忍』　水木しげる　青林堂版『水木しげる作品集』より

『復讐は彼女に』　小泉喜美子　講談社版『１９７７年版推理小説代表作選集』より

『ネコ』　星新一　角川文庫版『きまぐれロボット』より

『ねこんしょうがつ騒動記』　あまんきみこ　ポプラ社版『車のいろは空のいろ』より

『誘拐者たち』　仁木悦子　講談社文庫版『穴』より

『猫の泉』　日影丈吉　社会思想社・現代教養文庫版『猫の泉』より

本書は一九八〇年に立風書房より発行したものの復刊です。復刊にあたり、芥川龍之介「お富の貞操」を新字新仮名に改めました。また、星新一「ネコ」は作者が後年修正したものに表記を合わせました。なお、本書には、今日の人権意識からみて明らかに不適切な表現が用いられている箇所があります。しかし、作者の多くがすでに故人であり、決して差別を助長する意図をもって執筆されたものではないことを鑑み、明らかな誤記誤植を一部改めたほかは、表現の削除や変更は行わず初刊本のままとしました。読者諸賢にご理解をいただきたくお願い申し上げます。（編集部）

不思議の国の猫たち
CATS IN WONDERLAND

2023年3月7日　第1刷発行

編　者　仁木悦子
装幀・イラスト　和田 誠
（原画：多摩美術大学アートアーカイヴセンター蔵）
発行人　土屋 徹
編集人　滝口勝弘
発行所　株式会社 Gakken
〒141-8416 東京都品川区西五反田 2-11-8
印刷所　中央精版印刷株式会社

●この本に関する各種お問い合わせ先
本の内容については、下記サイトのお問い合わせフォームよりお願いします。
https://www.corp-gakken.co.jp/contact/
在庫については　Tel 03-6431-1201(販売部)
不良品（落丁、乱丁）については　Tel 0570-000577
学研業務センター　〒354-0045 埼玉県入間郡三芳町上富 279-1
上記以外のお問い合わせは　Tel 0570-056-710（学研グループ総合案内）